言語知識、讀解、聽解三合一

一考就上！
新日檢
N5 新版
全科總整理

林士鈞老師
著

## 作者序

# 序

《全科總整理》系列是我多年前出的書了，是我的日檢書當中最完整，不只是從N5到N1，也涵蓋了文字、語彙、文法等言語知識，甚至也有一些讀解和聽解的練習，讓考生可以提前瞭解出題方向。

多年前？是的，我不否認。同時我也不否認我是新日檢年代台灣日檢書的第一人，不只是最早出書、出最多書、也是賣最多書的。

過去幾年，我也曾協助其他出版社審訂一些日本知名出版社的日檢版權書，在台灣也有相當不錯的銷量。現在回頭來看，這麼多年下來，我的這套書一點都沒有退流行，比起日本的書也一點都不遜色，這三個第一也算是當之無愧。

「N5」算是學日文的適性測驗，範圍大約是初級日文的前半，從50音開始，到基本的動詞變化為止。如果你通過N5，表示你和日文的緣分沒問題，可以繼續走下去。

「N4」涵蓋了所有初級日文的範圍，所有的助詞、所有的補助動詞、所有的動詞變化都在考試範圍內。所以我才說N4最重要，不是考過就好，而是考愈高分愈好。如果N4可以考到130分以上，表示你的初級日文學得紮實，進入下一個階段會很輕鬆。

「N3」是個神祕的階段，我的意思是很多教學單位喜歡裝神弄鬼騙你。說穿了，就是中級日文前半的範圍，和初級日文最大的差異需要的是閱讀能力。如果你發現搞不定N3，記得回到初級日文複習N4文法，而不是硬學下去。

「N2」是中級日文的所有範圍，我認為需要好好學，但是台灣因為有些同學資質好，不小心就低空飛過，結果卻因為不是真的懂，種下日後N1永遠過不了的命運，這點請大家小心。

「N1」屬於高級日文，聽起來就很高級，不只要花很多很多的時間，也要有很好很好的基礎才能通過。不過請記住，通過N1不是學習日文的終點，而是進入真實日文世界的起點。

囉嗦完畢，老師就送各位安心上路吧。祝福各位在學習日文的路上，一路好走。

# 戰勝新日檢
# 掌握日語關鍵能力

元氣日語編輯小組

日本語能力測驗（日本語能力試験）是由「日本國際教育支援協會」及「日本國際交流基金會」，在日本及世界各地為日語學習者測試其日語能力的測驗。自1984年開辦，迄今超過30年，每年報考人數節節升高，是世界上規模最大、也最具公信力的日語考試。

## 新日檢是什麼？

近年來，除了一般學習日語的學生之外，更有許多社會人士，為了在日本生活、就業、工作晉升等各種不同理由，參加日本語能力測驗。同時，日本語能力測驗實行30多年來，語言教育學、測驗理論等的變遷，漸有改革提案及建言。在許多專家的縝密研擬之下，自2010年起實施新制日本語能力測驗（以下簡稱新日檢），滿足各層面的日語檢定需求。

除了日語相關知識之外，新日檢更重視「活用日語」的能力，因此特別在題目中加重溝通能力的測驗。目前執行的新日檢為5級制（N1、N2、N3、N4、N5），新制的「N」除了代表「日語（Nihongo）」，也代表「新（New）」。

# 新日檢N5的考試科目有什麼？

　　新日檢N5的考試科目，分為「言語知識（文字・語彙）」、「言語知識（文法）・讀解」與「聽解」三科考試，計分則為「言語知識（文字・語彙・文法）・讀解」120分，「聽解」60分，總分180分，並設立各科基本分數標準，也就是總分須通過合格分數（＝通過標準）之外，各科也須達到一定成績（＝通過門檻），如果總分達到合格分數，但有一科成績未達到通過門檻，亦不算是合格。各級之總分通過標準及各分科成績通過門檻請見下表。

| N5總分通過標準及各分科成績通過門檻 | | | |
|---|---|---|---|
| 總分通過標準 | 得分範圍 | 0~180 | |
| | 通過標準 | 80 | |
| 分科成績通過門檻 | 言語知識（文字・語彙・文法）・讀解 | 得分範圍 | 0~120 |
| | | 通過門檻 | 38 |
| | 聽解 | 得分範圍 | 0~60 |
| | | 通過門檻 | 19 |

　　從上表得知，考生必須總分超過80分，同時「言語知識（文字・語彙・文法）・讀解」不得低於38分、「聽解」不得低於19分，方能取得N5合格證書。

　　此外，根據官方新發表的內容，新日檢N5合格的目標，是希望考生能完全理解基礎日語。

| 新日檢N5程度標準 | | |
|---|---|---|
| 新日檢N5 | 閱讀（讀解） | ・理解日常生活中以平假名、片假名或是漢字等書寫的語句或文章。 |
| | 聽力（聽解） | ・在教室、身邊環境等日常生活中會遇到的場合下，透過慢速、簡短的對話，即能聽取必要的資訊。 |

# 新日檢N5的考題有什麼（新舊比較）？

從2020年度第2回（12月）測驗起，新日檢N5測驗時間及試題題數基準進行部分變更，考試內容整理如下表所示：

| 考試科目 | | | 題型 | | | | 考試時間 | |
|---|---|---|---|---|---|---|---|---|
| | | | 大題 | 內容 | 題數 | | 舊制 | 新制 |
| | | | | | 舊制 | 新制 | | |
| 言語知識（文字・語彙） | 文字・語彙 | 1 | 漢字讀音 | 選擇漢字的讀音 | 12 | 7 | 25分鐘 | 20分鐘 |
| | | 2 | 表記 | 選擇適當的漢字 | 8 | 5 | | |
| | | 3 | 文脈規定 | 根據句子選擇正確的單字意思 | 10 | 6 | | |
| | | 4 | 近義詞 | 選擇與題目意思最接近的單字 | 5 | 3 | | |
| 言語知識（文法）・讀解 | 文法 | 1 | 文法1（判斷文法形式） | 選擇正確句型 | 16 | 9 | 50分鐘 | 40分鐘 |
| | | 2 | 文法2（組合文句） | 句子重組（排序） | 5 | 4 | | |
| | | 3 | 文章文法 | 文章中的填空（克漏字），根據文脈，選出適當的語彙或句型 | 5 | 4 | | |
| | 讀解 | 4 | 內容理解（短文） | 閱讀題目（包含學習、生活、工作等各式話題，約80字的文章），測驗是否理解其內容 | 3 | 2 | | |
| | | 5 | 內容理解（中文） | 閱讀題目（日常話題、場合等題材，約250字的文章），測驗是否理解其因果關係或關鍵字 | 2 | 2 | | |
| | | 6 | 資訊檢索 | 閱讀題目（廣告、傳單等，約250字），測驗是否能找出必要的資訊 | 1 | 1 | | |

| 考試科目 | 題型 | | | 題數 | | 考試時間 | |
|---|---|---|---|---|---|---|---|
| | 大題 | | 內容 | 舊制 | 新制 | 舊制 | 新制 |
| 聽解 | 1 | 課題理解 | 聽取具體的資訊，選擇適當的答案，測驗是否理解接下來該做的動作 | 7 | 7 | 30分鐘 | 30分鐘 |
| | 2 | 重點理解 | 先提示問題，再聽取內容並選擇正確的答案，測驗是否能掌握對話的重點 | 6 | 6 | | |
| | 3 | 說話表現 | 邊看圖邊聽說明，選擇適當的話語 | 5 | 5 | | |
| | 4 | 即時應答 | 聽取單方提問或會話，選擇適當的回答 | 6 | 6 | | |

其他關於新日檢的各項改革資訊，可逕查閱「日本語能力試驗」官方網站http://www.jlpt.jp/。

# 台灣地區新日檢相關考試訊息

測驗日期：每年七月及十二月第一個星期日

測驗級數及時間：N1、N2在下午舉行；N3、N4、N5在上午舉行

測驗地點：台北、桃園、台中、高雄

報名時間：第一回約於三～四月左右，第二回約於八～九月左右

實施機構：財團法人語言訓練測驗中心

　　　　（02）2365-5050

　　　　http://www.lttc.ntu.edu.tw/JLPT.htm

# 如何使用本書

## STEP 1

本書將新日檢 N5 考試科目，分別依：

**第一單元　言語知識（文字・語彙）**

**第二單元　言語知識（文法）**

**第三單元　讀解**

**第四單元　聽解**

順序排列，讀者可依序學習，或是選擇自己較弱的單元加強。

### 單元準備要領
直接抓到答題技巧，拿下分數。

### 必考單字整理
迅速掌握考題趨勢，學習最有效率。

---

一考就上！新日檢 N5 全科總整理

### ● 文字・語彙準備要領

新日檢N5「言語知識」的「文字・語彙」共分為四大題，第一大題考漢字發音（包含外來語的片假名寫法）；第二大題考漢字寫法，以平假名語彙出題，從四個漢字選項中找出正確寫法；第三大題為克漏字，測試應試者是否能正確判斷文脈，選出符合句意的語彙；第四大題考同義句，要求應試者找出與考題意思最接近的答案。

因此，測驗內容大致可分為二個方向，一是漢字的讀音，二是語彙的意義，只要有做好準備就不難作答。本單元將必考漢字及語彙整理成表，讀者們只要將本書裡的單字記熟，並將書中練習題做完，文字語彙絕對可以拿到高分。

此外，本書所附之音檔，錄有語彙表裡的相關單字。讀者亦可看著單字聽發音，更有加深記憶的效果。也可以在上網時或是工作之餘反覆聆聽。如此一來，不只可以記熟單字，對於聽力亦有莫大的助益。

### ● 必考單字整理

#### 壹　文字

##### 一　漢字總整理

N5漢字範圍

N5範圍的漢字不多，只有以下八十個，請先全部記起來。為何要先記這八十個字呢？第一、漢字發音只會考這些字；第二、漢字寫法也只是考這些字；第三、考題中，除了這八十個字以外，幾乎不會出現其他漢字了。所以在準備考試的過程中，除了這八十個字以外的漢字，都應該只是輔助，千萬不要只靠漢字記字義，而應該是背發音、記字義，漢字當作沒看到。

| 一 | 九 | 七 | 十 | 人 | 二 | 入 | 八 | 下 | 三 |
|---|---|---|---|---|---|---|---|---|---|
| 山 | 子 | 女 | 小 | 上 | 千 | 川 | 大 | 土 | 万 |
| 六 | 円 | 火 | 月 | 今 | 水 | 中 | 天 | 日 | 父 |
| 分 | 木 | 友 | 毎 | 午 | 五 | 午 | 本 | 気 | 休 |
| 生 | 白 | 半 | 母 | 北 | 本 | 気 | 休 | 行 | 西 |
| 先 | 年 | 百 | 毎 | 名 | 何 | 見 | 車 | 男 | 来 |
| 雨 | 学 | 金 | 国 | 長 | 東 | 後 | 食 | 前 | 南 |
| 校 | 高 | 時 | 書 | 間 | 電 | 話 | 語 | 読 | 聞 |

19

---

一考就上！新日檢 N5 全科總整理

### 漢字一字　◎MP3-01

| | | | | | | | | | | |
|---|---|---|---|---|---|---|---|---|---|---|
| ア行 | あ<br>青 | あか<br>赤 | あき<br>秋 | あさ<br>朝 | あし<br>足 | あたま<br>頭 | あと<br>後 | あに<br>兄 | あね<br>姉 | あめ<br>雨 | あめ<br>飴 |
| | い<br>家 | いけ<br>池 | いぬ<br>犬 | いま<br>今 | いもうと<br>妹 | いろ<br>色 | いわ<br>岩 | いや<br>嫌 | | | |
| | う<br>上 | うた<br>歌 | うみ<br>海 | | | | | | | | |
| | え<br>絵 | えき<br>駅 | | | | | | | | | |
| | おとうと<br>弟 | おとこ<br>男 | おんな<br>女 | お茶<br>茶 | お腹<br>腹 | おな<br>同じ | おく<br>奥さん | | | | |

| | | | | | | | | | | |
|---|---|---|---|---|---|---|---|---|---|---|
| カ行 | かお<br>顔 | かぎ<br>鍵 | かさ<br>傘 | かぜ<br>風 | かど<br>角 | かばん<br>鞄 | かね<br>金 | かみ<br>紙 | からだ<br>体 | かわ<br>川 |
| | き<br>木 | きた<br>北 | きら<br>嫌い | | | | | | | |
| | くち<br>口 | くつ<br>靴 | くに<br>国 | くすり<br>薬 | くるま<br>車 | くろ<br>黒 | くも<br>曇り | | | |
| | こえ<br>声 | ご飯<br>飯 | | | | | | | | |

### 音檔序號
發音最準確，隨時隨地訓練聽力。

# 系統整理基礎文法
依照出題基準整理，幫助熟記基礎文法概念，加速作答效率。

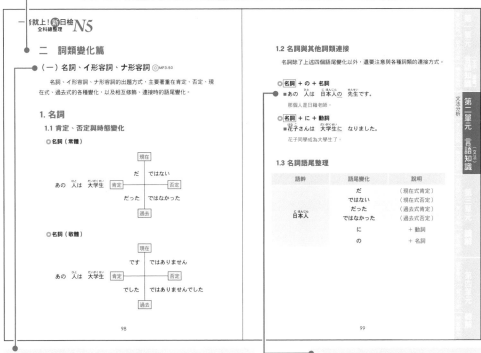

**二 詞類變化篇**

**（一）名詞、イ形容詞、ナ形容詞** ◎MP3-50

名詞、イ形容詞、ナ形容詞的出題方式，主要著重在肯定、否定、現在式、過去式的各種變化，以及相互修飾、連接時的語尾變化。

**1. 名詞**

**1.1 肯定、否定與時態變化**

◎名詞（常體）

あの　人（ひと）は　大学生（だいがくせい）

- 現在
- 肯定：だ
- 否定：ではない
- 過去：だった／ではなかった

◎名詞（敬體）

あの　人（ひと）は　大学生（だいがくせい）

- 現在
- 肯定：です
- 否定：ではありません
- 過去：でした／ではありませんでした

**1.2 名詞與其他詞類連接**

名詞除了上述四個語尾變化以外，還要注意與各種詞類的連接方式。

◎名詞　＋　の　＋　名詞
- あの　人（ひと）は　日本人（にほんじん）の　先生（せんせい）です。
  那個人是日籍老師。

◎名詞　＋　に　＋　動詞
- 花子（はなこ）さんは　大学生（だいがくせい）に　なりました。
  花子同學成為大學生了。

**1.3 名詞語尾整理**

| 語幹 | 語尾變化 | 說明 |
|---|---|---|
| 日本人（にほんじん） | だ | （現在式肯定） |
| | ではない | （現在式否定） |
| | だった | （過去式肯定） |
| | ではなかった | （過去式否定） |
| | に | ＋動詞 |
| | の | ＋名詞 |

98　　99

（右側直排）第二單元　言語知識（文法）　文法分析　第三單元　讀解　第四單元　聽解

# 詳盡解說分析比較
羅列最重要的助詞、動詞等相關句型，指導正確用法與意義，不會再誤用。

# 日語例句與解釋
例句生活化，好記又實用。

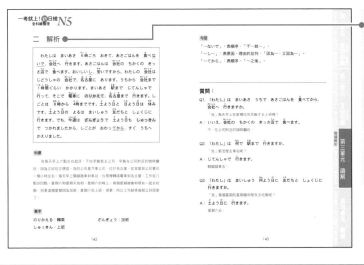

**二 解析**

わたしは　まいあさ　6時（じ）ごろ　おきて、あさごはんを　食（た）べないで、会社（かいしゃ）へ　行（い）きます。あさごはんは　会社（かいしゃ）の　ちかくの　きっさ店（てん）で　食（た）べます。おいしいし、安（やす）いですから。わたしの　会社（かいしゃ）は　じどうしゃの　会社（かいしゃ）で、名古屋（なごや）に　あります。うちから　会社（かいしゃ）まで　1時間（じかん）くらい　かかります。まず　うちから　駅（えき）まで　じてんしゃで　行（い）って、そこで　電車（でんしゃ）に　のりかえて、名古屋（なごや）まで　行（い）きます。しごとは　8時（じ）から　4時半（じはん）までです。土（ど）よう日（び）と　日（にち）よう日（び）は　休（やす）みです。土（ど）よう日（び）の　よるは　まいしゅう　友（とも）だちと　しょくじに　行（い）きます。でも、今週（こんしゅう）は　ざんぎょうで　土（ど）よう日（び）も　しゅっきんで　つかれましたから、しごとが　おわってから、すぐ　うちへ　かえりました。

**中譯**

我每天早上六點左右起床，不吃早飯就到公司。早飯在公司附近的咖啡廳吃。因為又好吃又便宜。我的公司是汽車公司，位於名古屋。從家裡到公司要花一個小時左右。每天早上先騎腳踏車到車站，在那裡轉搭電車到名古屋。工作時間是八點到四點半。星期六和星期日休息。星期六的晚上，每個星期都會和朋友去一起去吃飯。但是這個星期因為加班，星期六也上班，很累，所以工作結束後馬上就回家了。

**單字**

のりかえる：轉乘　　ざんぎょう：加班
しゅっきん：上班

**句型**

「～ないで」：表順序，「不一就～」。
「～し～」：表原因、理由的羅列，「因為～，又因為～」。
「～てから」：表順序，「～之後」。

**質問：**

Q1.「わたし」は　まいあさ　うちで　あさごはんを　食（た）べてから、会社（かいしゃ）へ　行（い）きますか。
「我」每天早上在家吃完早飯後才去上班嗎？
A：いいえ、会社（かいしゃ）の　ちかくの　きっさ店（てん）で　食（た）べます。
不。在公司附近的咖啡廳吃。

Q2.「わたし」は　何（なに）で　駅（えき）まで　行（い）きますか。
「我」都怎麼去車站呢？
A：じてんしゃで　行（い）きます。
騎腳踏車去。

Q3.「わたし」は　まいしゅう　何（なに）よう日（び）に　友（とも）だちと　しょくじに　行（い）きますか。
「我」每個星期的星期幾會和朋友去吃飯？
A：土（ど）よう日（び）に　行（い）きます。
星期六去。

142　　143

（右側直排）第三單元　讀解

# 文章閱讀解析
解析例文內容，詳列重要單字、句型，並針對文意容易混淆處解釋，幫助更快抓住文章要點，增進日語閱讀能力。

# STEP ❷

每閱讀一單元後，立即檢測實力：

**實力測驗→解答→中文翻譯及解析**

找出盲點，做萬全的準備。

---

## ● 實力測驗

問題Ⅰ ＿＿＿に なにを いれますか。1・2・3・4から
いちばん いい ものを ひとつ えらんで ください。

（　）① なつ休みは あした＿＿＿ はじまります。
　　　　1. が　　　2. から　　　3. まで　　　4. か
（　）② あねは しごと＿＿＿ とうきょうへ 行きました。
　　　　1. を　　　2. に　　　3. で　　　4. と
（　）③ どれ＿＿＿ あなたの かばんですか。
　　　　1. は　　　2. の　　　3. へ　　　4. が
（　）④ へや＿＿＿ まどを あけて ください。
　　　　1. の　　　2. に　　　3. へ　　　4. が
（　）⑤ みち＿＿＿ わたらないで ください。
　　　　1. と　　　2. を　　　3. で　　　4. に
（　）⑥ 日本人は はし＿＿＿ ごはんを 食べます。
　　　　1. に　　　2. と　　　3. へ　　　4. で
（　）⑦ おとうさんは いま どこ＿＿＿ いますか。
　　　　1. から　　2. で　　　3. に　　　4. へ
（　）⑧ わたしは えいがかん＿＿＿ えいがを みに いきたい
　　　　です。
　　　　1. へ　　　2. で　　　3. を　　　4. が
（　）⑨ りんごは ぜんぶ＿＿＿ 5つ あります。
　　　　1. は　　　2. と　　　3. に　　　4. で

118

## ● 中文翻譯及解析

問題Ⅰ

（　）① なつ休みは あした＿＿＿ はじまります。
　　　　1. が　　　**2. から**　　　3. まで　　　4. か
中譯　暑假從明天開始。
解說　主詞是「夏休み」（暑假），動詞是自動詞「始まります」（開始）。
　　　「あした」（明天）是表示時間的名詞。故應在「あした」後加上「か
　　　ら」表示時間的起點。

（　）② あねは しごと＿＿＿ とうきょうへ 行きました。
　　　　1. を　　　2. に　　　**3. で**　　　4. と
中譯　姊姊因為工作去了東京。
解說　在「姉は東京へ行きました」（姊姊去了東京）這個句子中，若要加入
　　　「仕事」，應在後加上「で」，來說明為什麼去東京，也就是表示原因理
　　　由。

（　）③ どれ＿＿＿ あなたの かばんですか
　　　　1. は　　　2. の　　　3. へ　　　**4. が**
中譯　哪個是你的包包呢？
解說　「どれ」（哪個）是疑問詞，後面絕對不可以加「は」。此外，此句中
　　　並無動詞，因此不需「を」的存在。「どれ」在這裡表示主詞，故應加
　　　「が」才符合句意。

125

---

# 實力測驗
檢視自我學習程度，培養應考戰鬥力。

# 中文翻譯及解析
掌握自我實力，了解盲點所在。

# STEP ③

在研讀前四單元之後，可運用：

**附錄 1　考前掃描**
**附錄 2　N5 單字整理**
**附錄 3　Can-do 檢核表**

掌握應試技巧，並了解自我應用日語的能力。

---

一考就上！新日檢 全科總整理 N5

### ● 考前掃瞄

**一　單字**

單字要小心「濁音」、「長音」、「促音」等陷阱。如果有看不懂的題目，默唸幾次，也許就會知道意思了。本書的附錄有 N5 單字總整理，請多利用時間背誦，並配合音檔一起朗讀。

如果沒有問題了，最後請再確認一下以下的單字是否已經記熟。

| 日文 | 中譯 | 日文 | 中譯 | 日文 | 中譯 | 日文 | 中譯 |
|---|---|---|---|---|---|---|---|
| ついたち 一日 | 一日 | ふつか 二日 | 二日 | みっか 三日 | 三日 | よっか 四日 | 四日 |
| いつか 五日 | 五日 | むいか 六日 | 六日 | なのか 七日 | 七日 | ようか 八日 | 八日 |
| ここのか 九日 | 九日 | とおか 十日 | 十日 | はつか 二十日 | 二十日 | | |

| 日文 | 中譯 | 日文 | 中譯 | 日文 | 中譯 | 日文 | 中譯 |
|---|---|---|---|---|---|---|---|
| ひと 一つ | 一個 | ふた 二つ | 二個 | みっ 三つ | 三個 | よっ 四つ | 四個 |
| いつ 五つ | 五個 | むっ 六つ | 六個 | なな 七つ | 七個 | やっ 八つ | 八個 |
| ここの 九つ | 九個 | とお 十 | 十個 | | | | |

| 日文 | 中譯 | 日文 | 中譯 | 日文 | 中譯 | 日文 | 中譯 |
|---|---|---|---|---|---|---|---|
| にちようび 日曜日 | 星期天 | げつようび 月曜日 | 星期一 | かようび 火曜日 | 星期二 | すいようび 水曜日 | 星期三 |
| もくようび 木曜日 | 星期四 | きんようび 金曜日 | 星期五 | どようび 土曜日 | 星期六 | | |

---

一考就上！新日檢 全科總整理 N5

日語學習最終必須回歸應用在日常生活，在聽、說、讀、寫四大能力指標中，您的日語究竟能活用到什麼程度呢？本附錄根據 JLPT 官網所公佈之「日本語能力測驗 Can-do 自我評價調查計畫」所做的問卷，整理出 25 條細目，依聽、說、讀、寫四大指標製作檢核表，幫助您了解自我應用日語的能力。

### ● 聽

**目標：在教室、身邊環境等日常生活中會遇到的場合下，透過慢速、簡短的對話，即能聽取必要的資訊。**

☐ 1. 簡単な道順や乗り換えについての説明を聞いて、理解できる。
聽取簡單的路線指引或是轉乘說明，可以理解。

☐ 2. 身近で日常的な話題（例：趣味、食べ物、週末の予定）についての会話がだいたい理解できる。
可以大致理解關於身邊日常生活話題（例如嗜好、食物、週末的計畫）的對話。

☐ 3. 簡単な指示を聞いて、何をすべきか理解できる。
聽取簡單的指示，可以理解應該做什麼。

☐ 4. 先生からのお知らせを聞いて、集合時間、場所などがわかる。
聽取老師的通知，可以了解集合時間、地點等。

---

## 考前掃描

進入考場前快速瀏覽，把握最後衝刺的機會。

## Can-do 檢核表

透過聽、說、讀、寫四大要項檢核，幫助確認活用日語程度。

## 如何掃描 QR Code 下載音檔

1. 以手機內建的相機或是掃描 QR Code 的 App 掃描封面的 QR Code。

2. 點選「雲端硬碟」的連結之後，進入音檔清單畫面，接著點選畫面右上角的「三個點」。

3. 點選「新增至「已加星號」專區」一欄，星星即會變成黃色或黑色，代表加入成功。

4. 開啟電腦，打開您的「雲端硬碟」網頁，點選左側欄位的「已加星號」。

5. 選擇該音檔資料夾，點滑鼠右鍵，選擇「下載」，即可將音檔存入電腦。

# 目　次

# 言語知識
# （文字・語彙）

# 文字・語彙準備要領

　　新日檢N5「言語知識」的「文字・語彙」共分為四大題，第一大題考漢字發音（包含外來語的片假名寫法）；第二大題考漢字寫法，以平假名語彙出題，從四個漢字選項中找出正確答案；第三大題為克漏字，測試應試者是否能正確判別文脈，選出符合句意的語彙；第四大題考同義句，要求應試者找出與考題意思最接近的答案。

　　因此，測驗內容大致上可分為二個方向，一是漢字的讀寫，二是語彙的意義，只要有背就不難作答。本單元將必考漢字及語彙整理成表，讀者們只要將本書裡的單字記熟，並將書中練習題做完，文字語彙絕對可以拿到高分。

　　此外，本書所附之音檔，錄有語彙表裡的相關單字。讀者亦可看著單字聽發音，更有加深記憶的效果。也可在上網時或是工作之餘反覆聆聽。如此一來，不只可以記熟單字，對於聽力亦有莫大的助益。

# 必考單字整理

# 壹　文字

## 一　漢字總整理

### N5漢字範圍

　　N5範圍的漢字不多，只有以下八十個，請先全部記起來。為何要先記這八十個字呢？第一、漢字發音題只會考這些字；第二、漢字寫法題也只是考這些字；第三、考題中，除了這八十個字以外，幾乎不會出現其他漢字了。所以在準備考試的過程中，除了這八十個字以外的漢字，都應該只是輔助，千萬不要只靠漢字記字義，而應該是背發音、記字義，漢字當作沒看到。

| 一 | 九 | 七 | 十 | 人 | 二 | 入 | 八 | 下 | 三 |
|---|---|---|---|---|---|---|---|---|---|
| 山 | 子 | 女 | 小 | 上 | 千 | 川 | 大 | 土 | 万 |
| 六 | 円 | 火 | 月 | 今 | 水 | 中 | 天 | 日 | 父 |
| 分 | 木 | 友 | 右 | 外 | 五 | 午 | 左 | 四 | 出 |
| 生 | 白 | 半 | 母 | 北 | 本 | 気 | 休 | 行 | 西 |
| 先 | 年 | 百 | 毎 | 名 | 何 | 見 | 車 | 男 | 来 |
| 雨 | 学 | 金 | 国 | 長 | 東 | 後 | 食 | 前 | 南 |
| 校 | 高 | 時 | 書 | 間 | 電 | 話 | 語 | 読 | 聞 |

## 漢字一字 ◎MP3-01

| ア行 | あ | 青<br>あお | 赤<br>あか | 秋<br>あき | 朝<br>あさ | 足<br>あし | 頭<br>あたま | 後<br>あと | 兄<br>あに | 姉<br>あね | 雨<br>あめ | 飴<br>あめ |
|---|---|---|---|---|---|---|---|---|---|---|---|---|
| | い | 家<br>いえ | 池<br>いけ | 犬<br>いぬ | 今<br>いま | 妹<br>いもうと | 色<br>いろ | 岩<br>いわ | 嫌<br>いや | | | |
| | う | 上<br>うえ | 歌<br>うた | 海<br>うみ | | | | | | | | |
| | え | 絵<br>え | 駅<br>えき | | | | | | | | | |
| | お | 弟<br>おとうと | 男<br>おとこ | 女<br>おんな | お茶<br>ちゃ | お腹<br>なか | 同じ<br>おな | 奥さん<br>おく | | | | |

| カ行 | か | 顔<br>かお | 鍵<br>かぎ | 傘<br>かさ | 風<br>かぜ | 角<br>かど | 鞄<br>かばん | 金<br>かね | 紙<br>かみ | 体<br>からだ | 川<br>かわ |
|---|---|---|---|---|---|---|---|---|---|---|---|
| | き | 木<br>き | 北<br>きた | 嫌い<br>きら | | | | | | | |
| | く | 口<br>くち | 靴<br>くつ | 国<br>くに | 薬<br>くすり | 車<br>くるま | 黒<br>くろ | 曇り<br>くも | | | |
| | こ | 声<br>こえ | ご飯<br>はん | | | | | | | | |

| サ行 | さ | 魚<br>さかな | 先<br>さき | 酒<br>さけ | 皿<br>さら |
|---|---|---|---|---|---|
| | し | 塩<br>しお | 下<br>した | 白<br>しろ | 静か<br>しず |
| | す | 好き<br>す | | | |
| | せ | 背<br>せ | 千<br>せん | | |
| | そ | 外<br>そと | 側<br>そば | 空<br>そら | |

| タ行 | た | 縦<br>たて | 卵<br>たまご | 誰<br>だれ |
|---|---|---|---|---|
| | ち | 父<br>ちち | 近く<br>ちか | |
| | つ | 次<br>つぎ | 机<br>つくえ | |
| | て | 手<br>て | | |
| | と | 戸<br>と | 所<br>ところ | 年<br>とし | 隣<br>となり | 鳥<br>とり |

| ナ行 | な<br>に<br>ね | 中<sup>なか</sup> 夏<sup>なつ</sup> 何<sup>なに</sup> 何<sup>なん</sup><br>肉<sup>にく</sup> 西<sup>にし</sup> 庭<sup>にわ</sup><br>猫<sup>ねこ</sup> |

| ハ行 | は<br>ひ<br>ふ<br>ほ | 歯<sup>は</sup> 箱<sup>はこ</sup> 橋<sup>はし</sup> 箸<sup>はし</sup> 花<sup>はな</sup> 鼻<sup>はな</sup> 話<sup>はなし</sup> 母<sup>はは</sup> 春<sup>はる</sup> 晩<sup>ばん</sup> 始め<sup>はじ</sup> 晴れ<sup>は</sup><br>東<sup>ひがし</sup> 左<sup>ひだり</sup> 人<sup>ひと</sup> 暇<sup>ひま</sup> 昼<sup>ひる</sup><br>服<sup>ふく</sup> 冬<sup>ふゆ</sup><br>本<sup>ほん</sup> |

| マ行 | ま<br>み<br>む<br>め<br>も | 前<sup>まえ</sup> 町<sup>まち</sup> 窓<sup>まど</sup> 万<sup>まん</sup><br>右<sup>みぎ</sup> 水<sup>みず</sup> 店<sup>みせ</sup> 道<sup>みち</sup> 緑<sup>みどり</sup> 南<sup>みなみ</sup> 皆<sup>みな</sup> 耳<sup>みみ</sup><br>村<sup>むら</sup> 向こう<sup>む</sup><br>目<sup>め</sup><br>物<sup>もの</sup> 門<sup>もん</sup> |

| ヤ行 | や<br>ゆ<br>よ | 山<sup>やま</sup> 休み<sup>やす</sup><br>雪<sup>ゆき</sup> 夕べ<sup>ゆう</sup><br>横<sup>よこ</sup> 夜<sup>よる</sup> |

| ワ行 | わ | 私<sup>わたし</sup> |

## 二　漢詞總整理 ◎MP3-02

### 漢詞

| ア行 | い | い | 医者 椅子 意味 | いち | 一日 一番 |
| | | いっ | 一緒 一体 | | |
| | え | えい | 映画 映画館 英語 | えん | 鉛筆 |
| | お | おん | 音楽 | | |

| カ行 | か | か | 菓子 家族 家庭 花瓶 | かい | 会社 階段 |
| | | がい | 外国 がく 学生 がっ 学校 | かん | 漢字 |
| | き | き | 綺麗 きっ 喫茶店 ぎゅう | | 牛肉 牛乳 |
| | | きょ | 去年 きょう 教室 兄弟 ぎん | | 銀行 |
| | け | けい | 警官 けっ 結構 結婚 げん | | 玄関 元気 |
| | こ | ご | 午後 午前 こう 公園 交差点 紅茶 | | 交番 |
| | | こん | 今晩 今月 今週 | | |

| サ行 | さ | さ | 砂糖 再来年 さい 財布 さく | | 作文 |
| | | ざっ | 雑誌 さん 散歩 | | |
| | し | じ | 時間 辞書 自分 自転車 自動車 しつ | | 質問 |
| | | しゃ | 写真 じゅ 授業 しゅく 宿題 しょう | | 醤油 |
| | | じょう | 上手 丈夫 しょく 食堂 しん | | 新聞 |

| | | | | | | | | | | | | | | |
|---|---|---|---|---|---|---|---|---|---|---|---|---|---|---|
| サ行 | せ | せい | 生徒 | せっ | 石鹸 | せん | 先月 | 先週 | 先生 | 洗濯 | | | | |
| | | ぜん | 全部 | | | | | | | | | | | |
| | そ | そう | 掃除 | | | | | | | | | | | |

| | | | | | | | | |
|---|---|---|---|---|---|---|---|---|
| タ行 | た | た | 多分 | たい | 大切 | 大変 | 大使館 | |
| | | だい | 大学 | 大丈夫 | | | | |
| | | たく | 沢山 | たん | 誕生日 | | | |
| | ち | ち | 地図 | 地下鉄 | ちゃ | 茶碗 | | |
| | て | てん | 天気 | でん | 電気 | 電車 | | |
| | と | と | 図書館 | どう | 動物 | | | |

| | | | | | | | |
|---|---|---|---|---|---|---|---|
| ハ行 | は | はん | 半分 | ばん | 番号 | | |
| | ひ | ひ | 飛行機 | びょう | 病院 | 病気 | |
| | ふ | ふ | 風呂 | ふう | 封筒 | ぶん | 文章 |
| | へ | べん | 弁当 | 勉強 | 便利 | | |
| | ほ | ぼう | 帽子 | ほん | 本当 | | |

| | | | | | | | | |
|---|---|---|---|---|---|---|---|---|
| マ行 | ま | まい | 毎月 | 毎週 | 毎晩 | 毎日 | まん | 万年筆 |
| | も | もん | 問題 | | | | | |

| | や | や | 野菜<sup>やさい</sup> | | | |
|---|---|---|---|---|---|---|

| | | | |
|---|---|---|---|
| ヤ行 | や | や | 野菜 |
| | ゆ | ゆう | 有名　郵便局 |
| | よ | よう | 洋服 |

| | | | |
|---|---|---|---|
| ラ行 | ら | らい | 来月　来週　来年 |
| | り | りっ 立派　りゅう 留学生　りょ 旅行<br>りょう 両親　料理 |  |
| | れ | れい 冷蔵庫　れん 練習 |  |
| | ろ | ろう | 廊下 |

# 三　常考單字總整理

## （一）時間相關字彙 ◎MP3-03

## 1.時間

| 日文發音 | 漢字表記 | 中文翻譯 | 日文發音 | 漢字表記 | 中文翻譯 |
|---|---|---|---|---|---|
| いちじ | 一時 | 一點 | にじ | 二時 | 兩點 |
| さんじ | 三時 | 三點 | よじ | 四時 | 四點 |
| ごじ | 五時 | 五點 | ろくじ | 六時 | 六點 |
| しちじ | 七時 | 七點 | はちじ | 八時 | 八點 |
| くじ | 九時 | 九點 | じゅうじ | 十時 | 十點 |
| じゅういちじ | 十一時 | 十一點 | じゅうにじ | 十二時 | 十二點 |

※特別注意「四時<sup>よじ</sup>」的讀音。

24

## 2.日期

| 日文發音 | 漢字表記 | 中文翻譯 | 日文發音 | 漢字表記 | 中文翻譯 |
|---|---|---|---|---|---|
| ついたち | 一日 | 一號 | ふつか | 二日 | 二號 |
| みっか | 三日 | 三號 | よっか | 四日 | 四號 |
| いつか | 五日 | 五號 | むいか | 六日 | 六號 |
| なのか | 七日 | 七號 | ようか | 八日 | 八號 |
| ここのか | 九日 | 九號 | とおか | 十日 | 十號 |
| じゅうよっか | 十四日 | 十四號 | にじゅうよっか | 二十四日 | 二十四號 |

## 3.星期

| 日文發音 | 漢字表記 | 中文翻譯 | 日文發音 | 漢字表記 | 中文翻譯 |
|---|---|---|---|---|---|
| にちようび | 日曜日 | 星期日 | げつようび | 月曜日 | 星期一 |
| かようび | 火曜日 | 星期二 | すいようび | 水曜日 | 星期三 |
| もくようび | 木曜日 | 星期四 | きんようび | 金曜日 | 星期五 |
| どようび | 土曜日 | 星期六 | なんようび | 何曜日 | 星期幾 |

※「曜」是較難漢字，因此不會出現在考題上，要考「日曜日」（星期日）的發音時，題目會是「日よう日」，請務必小心！

## 4.月份

| 日文發音 | 漢字表記 | 中文翻譯 | 日文發音 | 漢字表記 | 中文翻譯 |
|---|---|---|---|---|---|
| いちがつ | 一月 | 一月 | にがつ | 二月 | 二月 |
| さんがつ | 三月 | 三月 | しがつ | 四月 | 四月 |
| ごがつ | 五月 | 五月 | ろくがつ | 六月 | 六月 |

| 日文發音 | 漢字表記 | 中文翻譯 | 日文發音 | 漢字表記 | 中文翻譯 |
|---|---|---|---|---|---|
| しちがつ | 七月 | 七月 | はちがつ | 八月 | 八月 |
| くがつ | 九月 | 九月 | じゅうがつ | 十月 | 十月 |
| じゅういちがつ | 十一月 | 十一月 | じゅうにがつ | 十二月 | 十二月 |

## （二）數量相關字彙 ◎MP3-04

## 1.基本數量詞

| 日文發音 | 漢字表記 | 中文翻譯 | 日文發音 | 漢字表記 | 中文翻譯 |
|---|---|---|---|---|---|
| ひとつ | 一つ | 一個 | ふたつ | 二つ | 二個 |
| みっつ | 三つ | 三個 | よっつ | 四つ | 四個 |
| いつつ | 五つ | 五個 | むっつ | 六つ | 六個 |
| ななつ | 七つ | 七個 | やっつ | 八つ | 八個 |
| ここのつ | 九つ | 九個 | とお | 十 | 十個 |

## 2.「百、千」數量詞

| 日文發音 | 漢字表記 | 中文翻譯 | 日文發音 | 漢字表記 | 中文翻譯 |
|---|---|---|---|---|---|
| ひゃく | 百 | 一百 | にひゃく | 二百 | 二百 |
| さんびゃく | 三百 | 三百 | よんひゃく | 四百 | 四百 |
| ごひゃく | 五百 | 五百 | ろっぴゃく | 六百 | 六百 |
| ななひゃく | 七百 | 七百 | はっぴゃく | 八百 | 八百 |
| きゅうひゃく | 九百 | 九百 | せん | 千 | 一千 |
| にせん | 二千 | 二千 | さんぜん | 三千 | 三千 |
| ろくせん | 六千 | 六千 | はっせん | 八千 | 八千 |

## 3.其他數量詞

| 日文發音 | 漢字表記 | 中文翻譯 | 日文發音 | 漢字表記 | 中文翻譯 |
|---|---|---|---|---|---|
| ひとり | 一人 | 一個人 | ふたり | 二人 | 二個人 |
| さんぼん | 三本 | 三根、三瓶 | ろっぽん | 六本 | 六根、六瓶 |
| いっしゅうかん | 一週間 | 一個星期 | いっかげつ | 一か月 | 一個月 |
| いちじかん | 一時間 | 一個小時 | いちねんかん | 一年間 | 一年 |

# 貳　語彙

## 一　訓讀名詞

### （一）單音節名詞 ◎MP3-05

| 日文發音 | 漢字表記 | 中文翻譯 | 日文發音 | 漢字表記 | 中文翻譯 |
|---|---|---|---|---|---|
| え | 絵 | 圖畫 | き | 木 | 樹木 |
| せ | 背 | 身高 | て | 手 | 手 |
| と | 戸 | 門 | は | 歯 | 牙齒 |
| め | 目 | 眼睛 | | | |

※「背」唸「背（せ）」或是「背（せい）」都是正確的發音。

## （二）雙音節名詞 ○ MP3-06

| | 日文發音 | 漢字表記 | 中文翻譯 | 日文發音 | 漢字表記 | 中文翻譯 |
|---|---|---|---|---|---|---|
| ア行 | あお | 青 | 藍色 | あか | 赤 | 紅色 |
| | あき | 秋 | 秋天 | あさ | 朝 | 早上 |
| | あし | 足 | 腳 | あと | 後 | 之後 |
| | あに | 兄 | 哥哥 | あね | 姉 | 姊姊 |
| | あめ | 雨 | 雨 | あめ | 飴 | 糖果 |
| | いえ | 家 | 家、房子 | いけ | 池 | 水池 |
| | いぬ | 犬 | 狗 | いま | 今 | 現在 |
| | いろ | 色 | 顏色 | いわ | 岩 | 岩石 |
| | うえ | 上 | 上面 | うた | 歌 | 歌 |
| | うみ | 海 | 海 | えき | 駅 | 車站 |
| | おちゃ | お茶 | 茶 | | | |

| | 日文發音 | 漢字表記 | 中文翻譯 | 日文發音 | 漢字表記 | 中文翻譯 |
|---|---|---|---|---|---|---|
| カ行 | かお | 顔 | 臉 | かぎ | 鍵 | 鑰匙 |
| | かさ | 傘 | 傘 | かぜ | 風 | 風 |
| | かぜ | 風邪 | 感冒 | かど | 角 | 角 |
| | かね | 金 | 錢 | かみ | 紙 | 紙張 |
| | かわ | 川 | 河川 | きた | 北 | 北邊 |
| | きょう | 今日 | 今天 | くち | 口 | 嘴巴 |
| | くつ | 靴 | 鞋子 | くに | 国 | 國家 |
| | くろ | 黒 | 黑色 | けさ | 今朝 | 今天早上 |
| | こえ | 声 | （人的）聲音 | | | |

| | 日文發音 | 漢字表記 | 中文翻譯 | 日文發音 | 漢字表記 | 中文翻譯 |
|---|---|---|---|---|---|---|
| サ行 | さき | 先 | 前方、先前 | さけ | 酒 | 酒 |
| | さら | 皿 | 盤子 | しお | 塩 | 鹽巴 |
| | した | 下 | 下面 | しろ | 白 | 白色 |
| | せん | 千 | 千 | そと | 外 | 外面 |
| | そば | 側 | 旁邊 | そら | 空 | 天空 |

※「千」雖為音讀，但因有獨立字義，故列於此表和訓讀單字一起學習。

| | 日文發音 | 漢字表記 | 中文翻譯 | 日文發音 | 漢字表記 | 中文翻譯 |
|---|---|---|---|---|---|---|
| タ行 | たて | 縦 | 縱 | だれ | 誰 | 誰 |
| | ちち | 父 | 父親 | つぎ | 次 | 下一個 |
| | とし | 年 | 年、年紀 | とり | 鳥 | 鳥 |

| | 日文發音 | 漢字表記 | 中文翻譯 | 日文發音 | 漢字表記 | 中文翻譯 |
|---|---|---|---|---|---|---|
| ナ行 | なか | 中 | 裡面 | なつ | 夏 | 夏天 |
| | なに / なん | 何 | 什麼 | にく | 肉 | 肉 |
| | にし | 西 | 西邊 | にわ | 庭 | 院子 |
| | ねこ | 猫 | 貓 | | | |

※「何」會依後面助詞不同，有「何」和「何」二種發音。

| 日文發音 | 漢字表記 | 中文翻譯 | 日文發音 | 漢字表記 | 中文翻譯 |
|---|---|---|---|---|---|
| はこ | 箱 | 箱子、盒子 | はし | 橋 | 橋 |
| はし | 箸 | 筷子 | ばしょ | 場所 | 場所 |
| はな | 花 | 花 | はな | 鼻 | 鼻子 |
| はは | 母 | 母親 | はる | 春 | 春天 |
| はれ | 晴れ | 晴天 | ばん | 晩 | 晚上 |
| ひと | 人 | 人 | ひる | 昼 | 中午 |
| ふく | 服 | 衣服 | ふゆ | 冬 | 冬天 |
| へや | 部屋 | 房間 | ほん | 本 | 書 |

（表格左側標示：ハ行）

※「晩」、「服」、「本」雖為音讀，但因有獨立字義，故列於此表和訓讀單字一起學習。

| 日文發音 | 漢字表記 | 中文翻譯 | 日文發音 | 漢字表記 | 中文翻譯 |
|---|---|---|---|---|---|
| まえ | 前 | 前面 | まち | 町 | 城鎮 |
| まど | 窓 | 窗戶 | まん | 万 | 萬 |
| みぎ | 右 | 右邊 | みず | 水 | 水 |
| みせ | 店 | 商店 | みち | 道 | 路 |
| みみ | 耳 | 耳朵 | むら | 村 | 村莊 |
| もの | 物 | 物品 | もん | 門 | 大門 |

（表格左側標示：マ行）

※「万」、「門」雖為音讀，但因有獨立字義，故列於此表和訓讀單字一起學習。

| 日文發音 | 漢字表記 | 中文翻譯 | 日文發音 | 漢字表記 | 中文翻譯 |
|---|---|---|---|---|---|
| やま | 山 | 山 | ゆき | 雪 | 雪 |
| よこ | 横 | 横 | よる | 夜 | 夜晚 |

（表格左側標示：ヤ行）

## （三）三音節名詞 ◎ MP3-07

| | 日文發音 | 漢字表記 | 中文翻譯 | 日文發音 | 漢字表記 | 中文翻譯 |
|---|---|---|---|---|---|---|
| ア行 | あした | 明日 | 明天 | あたま | 頭 | 頭 |
| | うしろ | 後ろ | 後面 | うわぎ | 上着 | 外衣 |
| | おかね | お金 | 錢 | おさけ | お酒 | 酒 |
| | おさら | お皿 | 盤子 | おとこ | 男 | 男性 |
| | おとな | 大人 | 成人 | おなか | お腹 | 肚子 |
| | おなじ | 同じ | 相同 | おんな | 女 | 女性 |

| | 日文發音 | 漢字表記 | 中文翻譯 | 日文發音 | 漢字表記 | 中文翻譯 |
|---|---|---|---|---|---|---|
| カ行 | かばん | 鞄 | 包包 | からだ | 体 | 身體 |
| | きいろ | 黄色 | 黃色 | きって | 切手 | 郵票 |
| | きっぷ | 切符 | 票 | きのう | 昨日 | 昨天 |
| | くすり | 薬 | 藥 | くもり | 曇り | 陰天 |
| | くるま | 車 | 車子 | ことし | 今年 | 今年 |
| | ことば | 言葉 | 語言 | こども | 子供 | 小孩 |
| | ごはん | ご飯 | 飯 | | | |

| | 日文發音 | 漢字表記 | 中文翻譯 | 日文發音 | 漢字表記 | 中文翻譯 |
|---|---|---|---|---|---|---|
| サ行 | さかな | 魚 | 魚 | しごと | 仕事 | 工作 |
| | じびき | 字引 | 字典 | せびろ | 背広 | 西裝 |

| | 日文發音 | 漢字表記 | 中文翻譯 | 日文發音 | 漢字表記 | 中文翻譯 |
|---|---|---|---|---|---|---|
| タ行 | たばこ | 煙草 | 香菸 | たまご | 卵 | 蛋 |
| | ちかく | 近く | 附近 | ちゃいろ | 茶色 | 咖啡色 |
| | つくえ | 机 | 桌子 | てがみ | 手紙 | 信 |
| | でぐち | 出口 | 出口 | とけい | 時計 | 鐘錶 |
| | ところ | 所 | 地方 | となり | 隣 | 隔壁 |

| | 日文發音 | 漢字表記 | 中文翻譯 | 日文發音 | 漢字表記 | 中文翻譯 |
|---|---|---|---|---|---|---|
| ナ行 | なまえ | 名前 | 名字 | にもつ | 荷物 | 行李、貨物 |

| | 日文發音 | 漢字表記 | 中文翻譯 | 日文發音 | 漢字表記 | 中文翻譯 |
|---|---|---|---|---|---|---|
| ハ行 | はがき | 葉書 | 明信片 | はじめ | 始め | 開始 |
| | はなし | 話 | 話、事情 | ひがし | 東 | 東邊 |
| | ひだり | 左 | 左邊 | ひとり | 一人 | 一個人 |

| | 日文發音 | 漢字表記 | 中文翻譯 | 日文發音 | 漢字表記 | 中文翻譯 |
|---|---|---|---|---|---|---|
| マ行 | みどり | 緑 | 綠色 | みなみ | 南 | 南邊 |
| | みんな | 皆 | 大家 | むこう | 向こう | 對面 |
| | めがね | 眼鏡 | 眼鏡 | | | |

※「皆」唸「みな」、「みんな」都正確，不過敬稱時要說「皆さん」。

| | 日文發音 | 漢字表記 | 中文翻譯 | 日文發音 | 漢字表記 | 中文翻譯 |
|---|---|---|---|---|---|---|
| ヤ行 | やすみ | 休み | 假日、休假 | ゆうべ | 夕べ | 昨晚 |

| ワ行 | 日文發音 | 漢字表記 | 中文翻譯 |
|---|---|---|---|
| | わたし | 私 | 我 |

## （四）四音節名詞 ◎ MP3-08

| 日文發音 | 漢字表記 | 中文翻譯 | 日文發音 | 漢字表記 | 中文翻譯 |
|---|---|---|---|---|---|
| いもうと | 妹 | 妹妹 | いりぐち | 入口 | 入口 |
| いろいろ | 色々 | 各種 | おおぜい | 大勢 | 很多（人） |
| おくさん | 奥さん | 夫人、太太 | おとうと | 弟 | 弟弟 |
| かいもの | 買い物 | 購物 | くだもの | 果物 | 水果 |
| くつした | 靴下 | 襪子 | たてもの | 建物 | 建築物 |
| たべもの | 食べ物 | 食物 | ともだち | 友達 | 朋友 |
| とりにく | 鶏肉 | 雞肉 | のみもの | 飲み物 | 飲料 |
| はいざら | 灰皿 | 菸灰缸 | ぶたにく | 豚肉 | 豬肉 |
| ほんだな | 本棚 | 書架 | まいあさ | 毎朝 | 每天早上 |
| まいつき | 毎月 | 每個月 | まいとし | 毎年 | 每一年 |
| ゆうがた | 夕方 | 傍晚 | ゆうはん | 夕飯 | 晚飯 |

## （五）五音節以上名詞 ◎ MP3-09

| 日文發音 | 漢字表記 | 中文翻譯 |
|---|---|---|
| おかあさん | お母さん | 媽媽（敬稱） |
| おとうさん | お父さん | 爸爸（敬稱） |
| おにいさん | お兄さん | 哥哥（敬稱） |
| おねえさん | お姉さん | 姊姊（敬稱） |
| おまわりさん | お巡りさん | 警察（俗稱） |

## 二 和語動詞

### （一）第一類動詞（五段動詞）

## 1.ます形語尾「い」動詞 ◎MP3-10

| 日文發音 | 漢字表記 | 中文翻譯 | 例句 |
|---|---|---|---|
| あいます | 会います | 見面 | 田中さんに会います。<br>和田中先生見面。 |
| あらいます | 洗います | 洗 | 手を洗います。<br>洗手。 |
| いいます | 言います | 說 | 母は先生にお礼を言いました。<br>母親向老師道謝。 |
| うたいます | 歌います | 唱 | 歌を歌います。<br>唱歌。 |
| かいます | 買います | 買 | 車を買います。<br>買車。 |
| すいます | 吸います | 吸 | たばこを吸います。<br>抽菸。 |
| ちがいます | 違います | 不一樣 | 意見が違います。<br>意見不同。 |
| つかいます | 使います | 使用 | パソコンを使います。<br>使用電腦。 |
| ならいます | 習います | 學 | 日本語を習います。<br>學日文。 |

## ます形語尾「い」動詞基本變化

| 動詞 | ます形 | て形 | 辭書形 | ない形 | た形 |
|---|---|---|---|---|---|
| 会<sup>あ</sup>います | 会<sup>あ</sup>い | 会<sup>あ</sup>って | 会<sup>あ</sup>う | 会<sup>あ</sup>わない | 会<sup>あ</sup>った |
| 洗<sup>あら</sup>います | 洗<sup>あら</sup>い | 洗<sup>あら</sup>って | 洗<sup>あら</sup>う | 洗<sup>あら</sup>わない | 洗<sup>あら</sup>った |
| 言<sup>い</sup>います | 言<sup>い</sup>い | 言<sup>い</sup>って | 言<sup>い</sup>う | 言<sup>い</sup>わない | 言<sup>い</sup>った |
| 歌<sup>うた</sup>います | 歌<sup>うた</sup>い | 歌<sup>うた</sup>って | 歌<sup>うた</sup>う | 歌<sup>うた</sup>わない | 歌<sup>うた</sup>った |
| 買<sup>か</sup>います | 買<sup>か</sup>い | 買<sup>か</sup>って | 買<sup>か</sup>う | 買<sup>か</sup>わない | 買<sup>か</sup>った |
| 吸<sup>す</sup>います | 吸<sup>す</sup>い | 吸<sup>す</sup>って | 吸<sup>す</sup>う | 吸<sup>す</sup>わない | 吸<sup>す</sup>った |
| 違<sup>ちが</sup>います | 違<sup>ちが</sup>い | 違<sup>ちが</sup>って | 違<sup>ちが</sup>う | 違<sup>ちが</sup>わない | 違<sup>ちが</sup>った |
| 使<sup>つか</sup>います | 使<sup>つか</sup>い | 使<sup>つか</sup>って | 使<sup>つか</sup>う | 使<sup>つか</sup>わない | 使<sup>つか</sup>った |
| 習<sup>なら</sup>います | 習<sup>なら</sup>い | 習<sup>なら</sup>って | 習<sup>なら</sup>う | 習<sup>なら</sup>わない | 習<sup>なら</sup>った |

## 2.ます形語尾「き」動詞 ◉MP3-11

### 2.1ます形語尾「き」動詞（1）

| 日文發音 | 漢字表記 | 中文翻譯 | 例句 |
|---|---|---|---|
| あきます | 開きます | 開 | ドアが開きました。<br>門開了。 |
| あるきます | 歩きます | 走 | 道を歩きます。<br>走路。 |
| いきます | 行きます | 去 | 駅へ行きます。<br>去車站。 |
| おきます | 置きます | 放 | 本を机の上に置きます。<br>把書放在桌上。 |
| およぎます | 泳ぎます | 游泳 | 魚が川を泳いでいます。<br>魚在河裡游泳。 |
| かきます | 書きます | 寫 | 漢字を書きます。<br>寫漢字。 |
| ききます | 聞きます | 聽、問 | 音楽を聞きます。<br>聽音樂。 |
| さきます | 咲きます | 開（花） | 花が咲きました。<br>花開了。 |
| つきます | 着きます | 到達 | 駅に着きました。<br>到車站了。 |

## ます形語尾「き」第一類動詞基本變化（1）

| 動詞 | ます形 | て形 | 辭書形 | ない形 | た形 |
|---|---|---|---|---|---|
| 開<sub>あ</sub>きます | 開<sub>あ</sub>き | 開<sub>あ</sub>いて | 開<sub>あ</sub>く | 開<sub>あ</sub>かない | 開<sub>あ</sub>いた |
| 歩<sub>ある</sub>きます | 歩<sub>ある</sub>き | 歩<sub>ある</sub>いて | 歩<sub>ある</sub>く | 歩<sub>ある</sub>かない | 歩<sub>ある</sub>いた |
| 行<sub>い</sub>きます | 行<sub>い</sub>き | 行<sub>い</sub>って | 行<sub>い</sub>く | 行<sub>い</sub>かない | 行<sub>い</sub>った |
| 置<sub>お</sub>きます | 置<sub>お</sub>き | 置<sub>お</sub>いて | 置<sub>お</sub>く | 置<sub>お</sub>かない | 置<sub>お</sub>いた |
| 泳<sub>およ</sub>ぎます | 泳<sub>およ</sub>ぎ | 泳<sub>およ</sub>いで | 泳<sub>およ</sub>ぐ | 泳<sub>およ</sub>がない | 泳<sub>およ</sub>いだ |
| 書<sub>か</sub>きます | 書<sub>か</sub>き | 書<sub>か</sub>いて | 書<sub>か</sub>く | 書<sub>か</sub>かない | 書<sub>か</sub>いた |
| 聞<sub>き</sub>きます | 聞<sub>き</sub>き | 聞<sub>き</sub>いて | 聞<sub>き</sub>く | 聞<sub>き</sub>かない | 聞<sub>き</sub>いた |
| 咲<sub>さ</sub>きます | 咲<sub>さ</sub>き | 咲<sub>さ</sub>いて | 咲<sub>さ</sub>く | 咲<sub>さ</sub>かない | 咲<sub>さ</sub>いた |
| 着<sub>つ</sub>きます | 着<sub>つ</sub>き | 着<sub>つ</sub>いて | 着<sub>つ</sub>く | 着<sub>つ</sub>かない | 着<sub>つ</sub>いた |

※「行<sub>い</sub>きます」的「て形」、「た形」變化，不是「い音變」，而是「促音變」，屬例外。

## 2.2ます形語尾「き」動詞（2）

| 日文發音 | 漢字表記 | 中文翻譯 | 例句 |
|---|---|---|---|
| なきます | 鳴きます | 鳴叫 | 鳥が鳴いています。<br>鳥兒在叫。 |
| ぬぎます | 脱ぎます | 脱 | 靴を脱ぎます。<br>脱鞋。 |
| はきます | 穿きます | 穿（裙、褲） | ズボンを穿いています。<br>穿著褲子。 |
| はきます | 履きます | 穿（鞋、襪） | 靴下を履いています。<br>穿著襪子。 |
| はたらきます | 働きます | 工作 | 銀行で働いています。<br>在銀行工作。 |
| ひきます | 引きます | 引起、查 | 風邪を引きます。<br>得到感冒。<br>辞書を引きます。<br>查字典。 |
| ひきます | 弾きます | 彈奏 | ピアノを弾きます。<br>彈鋼琴。 |
| ふきます | 吹きます | 吹 | 風が吹いています。<br>風在吹。 |
| みがきます | 磨きます | 擦亮 | 歯を磨きます。<br>刷牙。 |

## ます形語尾「き」動詞基本變化（2）

| 動詞 | ます形 | て形 | 辭書形 | ない形 | た形 |
|---|---|---|---|---|---|
| な<br>鳴きます | な<br>鳴き | な<br>鳴いて | な<br>鳴く | な<br>鳴かない | な<br>鳴いた |
| ぬ<br>脱ぎます | ぬ<br>脱ぎ | ぬ<br>脱いで | ぬ<br>脱ぐ | ぬ<br>脱がない | ぬ<br>脱いだ |
| は<br>穿きます | は<br>穿き | は<br>穿いて | は<br>穿く | は<br>穿かない | は<br>穿いた |
| は<br>履きます | は<br>履き | は<br>履いて | は<br>履く | は<br>履かない | は<br>履いた |
| はたら<br>働きます | はたら<br>働き | はたら<br>働いて | はたら<br>働く | はたら<br>働かない | はたら<br>働いた |
| ひ<br>引きます | ひ<br>引き | ひ<br>引いて | ひ<br>引く | ひ<br>引かない | ひ<br>引いた |
| ひ<br>弾きます | ひ<br>弾き | ひ<br>弾いて | ひ<br>弾く | ひ<br>弾かない | ひ<br>弾いた |
| ふ<br>吹きます | ふ<br>吹き | ふ<br>吹いて | ふ<br>吹く | ふ<br>吹かない | ふ<br>吹いた |
| みが<br>磨きます | みが<br>磨き | みが<br>磨いて | みが<br>磨く | みが<br>磨かない | みが<br>磨いた |

## 3.ます形語尾「し」動詞 ◎MP3-12

| 日文發音 | 漢字表記 | 中文翻譯 | 例句 |
|---|---|---|---|
| おします | 押します | 按、壓 | ボタンを押します。<br>按按鈕。 |
| かえします | 返します | 歸還 | 本を太郎に返しました。<br>把書還給了太郎。 |
| かします | 貸します | 借給人 | 兄は私に車を貸しました。<br>哥哥借我車。 |
| けします | 消します | 關掉、熄滅 | 電気を消します。<br>關電燈。 |
| さします | 指します | 指 | 黒板の字を指しています。<br>指著黑板的字。 |
| だします | 出します | 拿出 | 棚から本を出しました。<br>從架上拿出了書。 |
| なくします | 無くします | 弄丟 | パスポートを無くしました。<br>弄丟了護照。 |
| はなします | 話します | 說話 | 試合の結果を両親に話しました。<br>向父母說了比賽的結果。 |
| わたします | 渡します | 交給 | 先生に手紙を渡しました。<br>把信交給了老師。 |

## ます形語尾「し」動詞基本變化

| 動詞 | ます形 | て形 | 辭書形 | ない形 | た形 |
|---|---|---|---|---|---|
| 押<small>お</small>します | 押<small>お</small>し | 押<small>お</small>して | 押<small>お</small>す | 押<small>お</small>さない | 押<small>お</small>した |
| 返<small>かえ</small>します | 返<small>かえ</small>し | 返<small>かえ</small>して | 返<small>かえ</small>す | 返<small>かえ</small>さない | 返<small>かえ</small>した |
| 貸<small>か</small>します | 貸<small>か</small>し | 貸<small>か</small>して | 貸<small>か</small>す | 貸<small>か</small>さない | 貸<small>か</small>した |
| 消<small>け</small>します | 消<small>け</small>し | 消<small>け</small>して | 消<small>け</small>す | 消<small>け</small>さない | 消<small>け</small>した |
| 指<small>さ</small>します | 指<small>さ</small>し | 指<small>さ</small>して | 指<small>さ</small>す | 指<small>さ</small>さない | 指<small>さ</small>した |
| 出<small>だ</small>します | 出<small>だ</small>し | 出<small>だ</small>して | 出<small>だ</small>す | 出<small>だ</small>さない | 出<small>だ</small>した |
| 無<small>な</small>くします | 無<small>な</small>くし | 無<small>な</small>くして | 無<small>な</small>くす | 無<small>な</small>くさない | 無<small>な</small>くした |
| 話<small>はな</small>します | 話<small>はな</small>し | 話<small>はな</small>して | 話<small>はな</small>す | 話<small>はな</small>さない | 話<small>はな</small>した |
| 渡<small>わた</small>します | 渡<small>わた</small>し | 渡<small>わた</small>して | 渡<small>わた</small>す | 渡<small>わた</small>さない | 渡<small>わた</small>した |

單字整理

實力測驗　解答解析　文法分析　實力測驗　解答解析　問題解析　實力測驗　解答解析　題型整理　實力測驗　解答解析

第一單元　言語知識（文字・語彙）

第二單元　言語知識（文法）

第三單元　讀解

第四單元　聽解

## 4.ます形語尾「ち」動詞 ◉MP3-13

| 日文發音 | 漢字表記 | 中文翻譯 | 例句 |
|---|---|---|---|
| たちます | 立ちます | 站 | 私は姉のそばに立っています。<br>我站在姊姊的旁邊。 |
| まちます | 待ちます | 等 | 駅前で友だちを待っています。<br>在車站前等著朋友。 |
| もちます | 持ちます | 拿、持有 | かばんを持っています。<br>提著包包。 |

### ます形語尾「ち」動詞基本變化

| 動詞 | ます形 | て形 | 辭書形 | ない形 | た形 |
|---|---|---|---|---|---|
| 立ちます | 立ち | 立って | 立つ | 立たない | 立った |
| 待ちます | 待ち | 待って | 待つ | 待たない | 待った |
| 持ちます | 持ち | 持って | 持つ | 持たない | 持った |

# 5.ます形語尾「び」動詞 ◉MP3-14

| 日文發音 | 漢字表記 | 中文翻譯 | 例句 |
|---|---|---|---|
| あそびます | 遊びます | 玩 | 友<sup>とも</sup>だちと遊<sup>あそ</sup>びます。<br>和朋友玩。 |
| とびます | 飛びます | 飛、跳 | 飛行機<sup>ひこうき</sup>が空<sup>そら</sup>を飛<sup>と</sup>んでいます。<br>飛機在空中飛。 |
| ならびます | 並びます | 並排、排隊 | 人<sup>ひと</sup>がたくさん並<sup>なら</sup>んでいます。<br>許多人正排著隊。 |
| よびます | 呼びます | 叫（人） | 先生<sup>せんせい</sup>が学生<sup>がくせい</sup>の名前<sup>なまえ</sup>を呼<sup>よ</sup>びました。<br>老師叫了學生的名字。 |

## ます形語尾「び」動詞基本變化

| 動詞 | ます形 | て形 | 辭書形 | ない形 | た形 |
|---|---|---|---|---|---|
| 遊<sup>あそ</sup>びます | 遊<sup>あそ</sup>び | 遊<sup>あそ</sup>んで | 遊<sup>あそ</sup>ぶ | 遊<sup>あそ</sup>ばない | 遊<sup>あそ</sup>んだ |
| 飛<sup>と</sup>びます | 飛<sup>と</sup>び | 飛<sup>と</sup>んで | 飛<sup>と</sup>ぶ | 飛<sup>と</sup>ばない | 飛<sup>と</sup>んだ |
| 並<sup>なら</sup>びます | 並<sup>なら</sup>び | 並<sup>なら</sup>んで | 並<sup>なら</sup>ぶ | 並<sup>なら</sup>ばない | 並<sup>なら</sup>んだ |
| 呼<sup>よ</sup>びます | 呼<sup>よ</sup>び | 呼<sup>よ</sup>んで | 呼<sup>よ</sup>ぶ | 呼<sup>よ</sup>ばない | 呼<sup>よ</sup>んだ |

## 6.ます形語尾「に」動詞 ◎MP3-15

| 日文發音 | 漢字表記 | 中文翻譯 | 例句 |
|---|---|---|---|
| しにます | 死にます | 死 | 犬は病気で死にました。<br>狗生病死了。 |

※「死にます」非N5範圍單字，不過第一類動詞ます形語尾為「に」的動詞只有「死にます」一字，因此特別在此提出，讓讀者了解相關動詞變化。

## 7.ます形語尾「み」動詞 ◎MP3-16

| 日文發音 | 漢字表記 | 中文翻譯 | 例句 |
|---|---|---|---|
| すみます | 住みます | 住 | 東京に住んでいます。<br>住在東京。 |
| たのみます | 頼みます | 拜託 | 弟に買い物を頼みます。<br>拜託弟弟買東西。 |
| のみます | 飲みます | 喝 | コーヒーを飲みます。<br>喝咖啡。 |
| やすみます | 休みます | 休息 | 学校を休みます。<br>沒上學。 |
| よみます | 読みます | 閱讀、唸 | 新聞を読みます。<br>看報紙。 |

## ます形語尾「に」動詞基本變化

| 動詞 | ます形 | て形 | 辭書形 | ない形 | た形 |
|---|---|---|---|---|---|
| 死にます | 死に | 死んで | 死ぬ | 死なない | 死んだ |

## ます形語尾「み」動詞基本變化

| 動詞 | ます形 | て形 | 辭書形 | ない形 | た形 |
|---|---|---|---|---|---|
| 住みます | 住み | 住んで | 住む | 住まない | 住んだ |
| 頼みます | 頼み | 頼んで | 頼む | 頼まない | 頼んだ |
| 飲みます | 飲み | 飲んで | 飲む | 飲まない | 飲んだ |
| 休みます | 休み | 休んで | 休む | 休まない | 休んだ |
| 読みます | 読み | 読んで | 読む | 読まない | 読んだ |

## 8.ます形語尾「り」動詞  MP3-17

### 8.1ます形語尾「り」動詞（1）

| 日文發音 | 漢字表記 | 中文翻譯 | 例句 |
|---|---|---|---|
| あります | — | 有、在 | 庭に桜の木があります。<br>院子裡有櫻花樹。 |
| いります | 要ります | 需要 | 私はもう少しお金が要ります。<br>我還需要點錢。 |
| うります | 売ります | 賣 | 車を売ります。<br>賣車。 |
| おわります | 終わります | 結束 | 仕事が終わりました。<br>工作結束了。 |
| かえります | 帰ります | 回家 | 家へ帰ります。<br>回家。 |
| かかります | 掛かります | 掛、花費 | 壁に絵が掛かっています。<br>牆上掛著畫。 |
| かぶります | 被ります | 戴 | 帽子を被ります。<br>戴帽子。 |
| きります | 切ります | 剪、切 | 紙を切ります。<br>裁紙。 |
| くもります | 曇ります | 天陰 | 急に空が曇りました。<br>天空突然變陰了。 |

# ます形語尾「り」動詞基本變化（1）

| 動詞 | ます形 | て形 | 辭書形 | ない形 | た形 |
|---|---|---|---|---|---|
| あります | あり | あって | ある | ない | あった |
| 要<sup>い</sup>ります | 要<sup>い</sup>り | 要<sup>い</sup>って | 要<sup>い</sup>る | 要<sup>い</sup>らない | 要<sup>い</sup>った |
| 売<sup>う</sup>ります | 売<sup>う</sup>り | 売<sup>う</sup>って | 売<sup>う</sup>る | 売<sup>う</sup>らない | 売<sup>う</sup>った |
| 終<sup>お</sup>わります | 終<sup>お</sup>わり | 終<sup>お</sup>わって | 終<sup>お</sup>わる | 終<sup>お</sup>わらない | 終<sup>お</sup>わった |
| 帰<sup>かえ</sup>ります | 帰<sup>かえ</sup>り | 帰<sup>かえ</sup>って | 帰<sup>かえ</sup>る | 帰<sup>かえ</sup>らない | 帰<sup>かえ</sup>った |
| 掛<sup>か</sup>かります | 掛<sup>か</sup>かり | 掛<sup>か</sup>かって | 掛<sup>か</sup>かる | 掛<sup>か</sup>からない | 掛<sup>か</sup>かった |
| 被<sup>かぶ</sup>ります | 被<sup>かぶ</sup>り | 被<sup>かぶ</sup>って | 被<sup>かぶ</sup>る | 被<sup>かぶ</sup>らない | 被<sup>かぶ</sup>った |
| 切<sup>き</sup>ります | 切<sup>き</sup>り | 切<sup>き</sup>って | 切<sup>き</sup>る | 切<sup>き</sup>らない | 切<sup>き</sup>った |
| 曇<sup>くも</sup>ります | 曇<sup>くも</sup>り | 曇<sup>くも</sup>って | 曇<sup>くも</sup>る | 曇<sup>くも</sup>らない | 曇<sup>くも</sup>った |

※「あります」之「ない形」不是「あらない」，而是「ない」，屬例外。

## 8.2ます形語尾「り」動詞（2）

| 日文發音 | 漢字表記 | 中文翻譯 | 例句 |
|---|---|---|---|
| こまります | 困ります | 困擾 | 父親は娘に困っています。<br>父親對女兒束手無策。 |
| しまります | 閉まります | 關閉 | まどが閉まっています。<br>窗戶關著。 |
| しります | 知ります | 知道 | 林さんの住所を知っていますか。<br>你知道林先生的住址嗎？ |
| すわります | 座ります | 坐 | 妹はいすに座っています。<br>妹妹坐在椅子上。 |
| とまります | 止まります | 停 | バスが止まりました。<br>公車停了。 |
| とります | 取ります | 拿 | ペンを手に取ります。<br>把筆拿在手上。 |
| とります | 撮ります | 拍照 | 写真を撮ります。<br>拍照。 |
| なります | ― | 變成 | 大学生になりました。<br>成為大學生了。 |
| のぼります | 登ります | 登、攀爬 | 富士山に登ります。<br>爬富士山。 |

# ます形語尾「り」動詞基本變化（2）

| 動詞 | ます形 | て形 | 辭書形 | ない形 | た形 |
|---|---|---|---|---|---|
| 困（こま）ります | 困（こま）り | 困（こま）って | 困（こま）る | 困（こま）らない | 困（こま）った |
| 閉（し）まります | 閉（し）まり | 閉（し）まって | 閉（し）まる | 閉（し）まらない | 閉（し）まった |
| 知（し）ります | 知（し）り | 知（し）って | 知（し）る | 知（し）らない | 知（し）った |
| 座（すわ）ります | 座（すわ）り | 座（すわ）って | 座（すわ）る | 座（すわ）らない | 座（すわ）った |
| 止（と）まります | 止（と）まり | 止（と）まって | 止（と）まる | 止（と）まらない | 止（と）まった |
| 取（と）ります | 取（と）り | 取（と）って | 取（と）る | 取（と）らない | 取（と）った |
| 撮（と）ります | 撮（と）り | 撮（と）って | 撮（と）る | 撮（と）らない | 撮（と）った |
| なります | なり | なって | なる | ならない | なった |
| 登（のぼ）ります | 登（のぼ）り | 登（のぼ）って | 登（のぼ）る | 登（のぼ）らない | 登（のぼ）った |

## 8.3ます形語尾「り」動詞（3）

| 日文發音 | 漢字表記 | 中文翻譯 | 例句 |
|---|---|---|---|
| のります | 乗ります | 搭乘 | 電車<sup></sup>に乗<sup></sup>ります。<br>搭電車。 |
| はいります | 入ります | 進入 | 部屋<sup></sup>に入<sup></sup>ります。<br>進房間。 |
| はじまります | 始まります | 開始 | 授業<sup></sup>が始<sup></sup>まりました。<br>開始上課了。 |
| はしります | 走ります | 跑 | 公園<sup></sup>まで走<sup></sup>ります。<br>跑到公園。 |
| はります | 貼ります | 貼 | 切手<sup></sup>を貼<sup></sup>ります。<br>貼郵票。 |
| ふります | 降ります | 下（雨） | 雨<sup></sup>が降<sup></sup>っています。<br>下著雨。 |
| わかります | 分かります | 知道、懂 | 母<sup></sup>の気持<sup></sup>ちがわかりました。<br>懂了母親的心情。 |
| わたります | 渡ります | 通過 | 橋<sup></sup>を渡<sup></sup>ります。<br>過橋。 |

# ます形語尾「り」動詞基本變化（3）

| 動詞 | ます形 | て形 | 辭書形 | ない形 | た形 |
|---|---|---|---|---|---|
| の<br>乗ります | の<br>乗り | の<br>乗って | の<br>乗る | の<br>乗らない | の<br>乗った |
| はい<br>入ります | はい<br>入り | はい<br>入って | はい<br>入る | はい<br>入らない | はい<br>入った |
| はじ<br>始まります | はじ<br>始まり | はじ<br>始まって | はじ<br>始まる | はじ<br>始まらない | はじ<br>始まった |
| はし<br>走ります | はし<br>走り | はし<br>走って | はし<br>走る | はし<br>走らない | はし<br>走った |
| は<br>貼ります | は<br>貼り | は<br>貼って | は<br>貼る | は<br>貼らない | は<br>貼った |
| ふ<br>降ります | ふ<br>降り | ふ<br>降って | ふ<br>降る | ふ<br>降らない | ふ<br>降った |
| わ<br>分かります | わ<br>分かり | わ<br>分かって | わ<br>分かる | わ<br>分からない | わ<br>分かった |
| わた<br>渡ります | わた<br>渡り | わた<br>渡って | わた<br>渡る | わた<br>渡らない | わた<br>渡った |

## （二）第二類動詞（一段動詞）

## 1.ます形語尾「i段音」動詞 ◎MP3-18

| 日文發音 | 漢字表記 | 中文翻譯 | 例句 |
|---|---|---|---|
| あびます | 浴びます | 沖（水） | シャワーを浴びます。<br>沖澡。 |
| います | ― | 有、在 | 庭に犬がいます。<br>院子裡有狗。 |
| おきます | 起きます | 起床 | 6時に起きます。<br>六點起床。 |
| かります | 借ります | 跟人借 | 兄に車を借りました。<br>向哥哥借了車。 |
| きます | 着ます | 穿（衣） | 赤いシャツを着ています。<br>穿著紅襯衫。 |
| みます | 見ます | 看 | テレビを見ます。<br>看電視。 |

## ます形語尾i段音第二類動詞基本變化

| 動詞 | ます形 | て形 | 辭書形 | ない形 | た形 |
|---|---|---|---|---|---|
| 浴<sup>あ</sup>びます | 浴<sup>あ</sup>び | 浴<sup>あ</sup>びて | 浴<sup>あ</sup>びる | 浴<sup>あ</sup>びない | 浴<sup>あ</sup>びた |
| います | い | いて | いる | いない | いた |
| 起<sup>お</sup>きます | 起<sup>お</sup>き | 起<sup>お</sup>きて | 起<sup>お</sup>きる | 起<sup>お</sup>きない | 起<sup>お</sup>きた |
| 借<sup>か</sup>ります | 借<sup>か</sup>り | 借<sup>か</sup>りて | 借<sup>か</sup>りる | 借<sup>か</sup>りない | 借<sup>か</sup>りた |
| 着<sup>き</sup>ます | 着<sup>き</sup> | 着<sup>き</sup>て | 着<sup>き</sup>る | 着<sup>き</sup>ない | 着<sup>き</sup>た |
| 見<sup>み</sup>ます | 見<sup>み</sup> | 見<sup>み</sup>て | 見<sup>み</sup>る | 見<sup>み</sup>ない | 見<sup>み</sup>た |

## 2.ます形語尾「e段音」動詞 ⊙ MP3-19

### 2.1ます形語尾「え」動詞

| 日文發音 | 漢字表記 | 中文翻譯 | 例句 |
|---|---|---|---|
| おしえます | 教えます | 教、告訴 | 日本語を教えます。<br>教日文。 |
| おぼえます | 覚えます | 記住、背 | 単語を覚えます。<br>背單字。 |
| きえます | 消えます | 消失、熄滅 | 電気が消えています。<br>燈關著。 |
| こたえます | 答えます | 回答 | 質問に答えます。<br>回答問題。 |

### 2.2ます形語尾「け」動詞

| 日文發音 | 漢字表記 | 中文翻譯 | 例句 |
|---|---|---|---|
| あけます | 開けます | 打開 | ドアを開けます。<br>開門。 |
| でかけます | 出かけます | 出門 | スーパーへ買い物に出かけます。<br>出門去超市購物。 |

## ます形語尾「え」動詞基本變化

| 動詞 | ます形 | て形 | 辭書形 | ない形 | た形 |
|---|---|---|---|---|---|
| <ruby>教<rt>おし</rt></ruby>えます | <ruby>教<rt>おし</rt></ruby>え | <ruby>教<rt>おし</rt></ruby>えて | <ruby>教<rt>おし</rt></ruby>える | <ruby>教<rt>おし</rt></ruby>えない | <ruby>教<rt>おし</rt></ruby>えた |
| <ruby>覚<rt>おぼ</rt></ruby>えます | <ruby>覚<rt>おぼ</rt></ruby>え | <ruby>覚<rt>おぼ</rt></ruby>えて | <ruby>覚<rt>おぼ</rt></ruby>える | <ruby>覚<rt>おぼ</rt></ruby>えない | <ruby>覚<rt>おぼ</rt></ruby>えた |
| <ruby>消<rt>き</rt></ruby>えます | <ruby>消<rt>き</rt></ruby>え | <ruby>消<rt>き</rt></ruby>えて | <ruby>消<rt>き</rt></ruby>える | <ruby>消<rt>き</rt></ruby>えない | <ruby>消<rt>き</rt></ruby>えた |
| <ruby>答<rt>こた</rt></ruby>えます | <ruby>答<rt>こた</rt></ruby>え | <ruby>答<rt>こた</rt></ruby>えて | <ruby>答<rt>こた</rt></ruby>える | <ruby>答<rt>こた</rt></ruby>えない | <ruby>答<rt>こた</rt></ruby>えた |

## ます形語尾「け」動詞基本變化

| 動詞 | ます形 | て形 | 辭書形 | ない形 | た形 |
|---|---|---|---|---|---|
| <ruby>開<rt>あ</rt></ruby>けます | <ruby>開<rt>あ</rt></ruby>け | <ruby>開<rt>あ</rt></ruby>けて | <ruby>開<rt>あ</rt></ruby>ける | <ruby>開<rt>あ</rt></ruby>けない | <ruby>開<rt>あ</rt></ruby>けた |
| <ruby>出<rt>で</rt></ruby>かけます | <ruby>出<rt>で</rt></ruby>かけ | <ruby>出<rt>で</rt></ruby>かけて | <ruby>出<rt>で</rt></ruby>かける | <ruby>出<rt>で</rt></ruby>かけない | <ruby>出<rt>で</rt></ruby>かけた |

## 2.3ます形語尾「せ」動詞

| 日文發音 | 漢字表記 | 中文翻譯 | 例句 |
|---|---|---|---|
| みせます | 見せます | 讓人看 | 写真を先生に見せます。<br>給老師看照片。 |

## 2.4ます形語尾「て」動詞

| 日文發音 | 漢字表記 | 中文翻譯 | 例句 |
|---|---|---|---|
| でます | 出ます | 出去 | 部屋を出ます。<br>出房間。 |

## 2.5ます形語尾「ね」動詞

| 日文發音 | 漢字表記 | 中文翻譯 | 例句 |
|---|---|---|---|
| ねます | 寝ます | 睡覺 | 10時に寝ます。<br>十點睡覺。 |

## 2.6ます形語尾「べ」動詞

| 日文發音 | 漢字表記 | 中文翻譯 | 例句 |
|---|---|---|---|
| たべます | 食べます | 吃 | ご飯を食べます。<br>吃飯。 |
| ならべます | 並べます | 排列 | お皿をテーブルに並べます。<br>把盤子排在餐桌上。 |

## ます形語尾「せ」動詞基本變化

| 動詞 | ます形 | て形 | 辭書形 | ない形 | た形 |
|---|---|---|---|---|---|
| 見せます | 見せ | 見せて | 見せる | 見せない | 見せた |

## ます形語尾「て」動詞基本變化

| 動詞 | ます形 | て形 | 辭書形 | ない形 | た形 |
|---|---|---|---|---|---|
| 出ます | 出 | 出て | 出る | 出ない | 出た |

## ます形語尾「ね」動詞基本變化

| 動詞 | ます形 | て形 | 辭書形 | ない形 | た形 |
|---|---|---|---|---|---|
| 寝ます | 寝 | 寝て | 寝る | 寝ない | 寝た |

## ます形語尾「べ」動詞基本變化

| 動詞 | ます形 | て形 | 辭書形 | ない形 | た形 |
|---|---|---|---|---|---|
| 食べます | 食べ | 食べて | 食べる | 食べない | 食べた |
| 並べます | 並べ | 並べて | 並べる | 並べない | 並べた |

單字整理　第一單元　言語知識（文字・語彙）

實力測驗　解答解析

第二單元　言語知識（文法）

文法分析　實力測驗　解答解析

第三單元　讀解

閱讀解析　實力測驗　解答解析

第四單元　聽解

題型整理　實力測驗　解答解析

## 2.7 ます形語尾「め」動詞

| 日文發音 | 漢字表記 | 中文翻譯 | 例句 |
|---|---|---|---|
| しめます | 閉めます | 關 | 窓<ruby>まど</ruby>を閉<ruby>し</ruby>めます。<br>關窗。 |
| しめます | 締めます | 綁緊 | ネクタイを締<ruby>し</ruby>めます。<br>打領帶。 |
| つとめます | 勤めます | 工作 | 銀行<ruby>ぎんこう</ruby>に勤<ruby>つと</ruby>めています。<br>任職於銀行。 |

## 2.8 ます形語尾「れ」動詞

| 日文發音 | 漢字表記 | 中文翻譯 | 例句 |
|---|---|---|---|
| いれます | 入れます | 放入 | ビールを冷蔵庫<ruby>れいぞうこ</ruby>に入<ruby>い</ruby>れます。<br>把啤酒放入冰箱。 |
| うまれます | 生まれます | 出生 | 赤<ruby>あか</ruby>ちゃんが生<ruby>う</ruby>まれました。<br>小嬰兒出生了。 |
| つかれます | 疲れます | 疲倦、累 | 子<ruby>こ</ruby>どもたちは疲<ruby>つか</ruby>れています。<br>孩子們很累。 |
| はれます | 晴れます | 放晴 | 天気<ruby>てんき</ruby>が晴<ruby>は</ruby>れました。<br>天氣放晴了。 |
| わすれます | 忘れます | 忘記 | あの人<ruby>ひと</ruby>の電話番号<ruby>でんわばんごう</ruby>を忘<ruby>わす</ruby>れました。<br>忘了他的電話號碼。 |

## ます形語尾「め」動詞基本變化

| 動詞 | ます形 | て形 | 辭書形 | ない形 | た形 |
|---|---|---|---|---|---|
| 閉<sub>し</sub>めます | 閉<sub>し</sub>め | 閉<sub>し</sub>めて | 閉<sub>し</sub>める | 閉<sub>し</sub>めない | 閉<sub>し</sub>めた |
| 締<sub>し</sub>めます | 締<sub>し</sub>め | 締<sub>し</sub>めて | 締<sub>し</sub>める | 締<sub>し</sub>めない | 締<sub>し</sub>めた |
| 勤<sub>つと</sub>めます | 勤<sub>つと</sub>め | 勤<sub>つと</sub>めて | 勤<sub>つと</sub>める | 勤<sub>つと</sub>めない | 勤<sub>つと</sub>めた |

## ます形語尾「れ」動詞基本變化

| 動詞 | ます形 | て形 | 辭書形 | ない形 | た形 |
|---|---|---|---|---|---|
| 入<sub>い</sub>れます | 入<sub>い</sub>れ | 入<sub>い</sub>れて | 入<sub>い</sub>れる | 入<sub>い</sub>れない | 入<sub>い</sub>れた |
| 生<sub>う</sub>まれます | 生<sub>う</sub>まれ | 生<sub>う</sub>まれて | 生<sub>う</sub>まれる | 生<sub>う</sub>まれない | 生<sub>う</sub>まれた |
| 疲<sub>つか</sub>れます | 疲<sub>つか</sub>れ | 疲<sub>つか</sub>れて | 疲<sub>つか</sub>れる | 疲<sub>つか</sub>れない | 疲<sub>つか</sub>れた |
| 晴<sub>は</sub>れます | 晴<sub>は</sub>れ | 晴<sub>は</sub>れて | 晴<sub>は</sub>れる | 晴<sub>は</sub>れない | 晴<sub>は</sub>れた |
| 忘<sub>わす</sub>れます | 忘<sub>わす</sub>れ | 忘<sub>わす</sub>れて | 忘<sub>わす</sub>れる | 忘<sub>わす</sub>れない | 忘<sub>わす</sub>れた |

## （三）第三類動詞（不規則變化動詞）

### 1.サ行不規則變化動詞 ◉MP3-20

| 日文發音 | 漢字表記 | 中文翻譯 | 例句 |
|---|---|---|---|
| します | — | 做 | 今晚、電話をします。<br>今天晚上，要打電話。 |
| べんきょう<br>します | 勉強します | 學習 | 日本語を勉強します。<br>學日文。 |
| スポーツ<br>します | — | 運動 | スポーツするのが好きです。<br>我喜歡運動。 |

※名詞之後常常可以加上「します」，構成漢語動詞「します」，此時的相關動詞變化規則同「します」。不只漢語，有些外來語也能加上「します」構成動詞。這些動詞均歸類為第三類動詞。

| 動詞 | ます形 | て形 | 辭書形 | ない形 | た形 |
|---|---|---|---|---|---|
| します | し | して | する | しない | した |

※請特別注意「します」的辭書形是「する」。

### 2.カ行不規則變化動詞 ◉MP3-21

| 日文發音 | 漢字表記 | 中文翻譯 | 例句 |
|---|---|---|---|
| きます | 来ます | 來 | また来てください。<br>請再來！ |

| 動詞 | ます形 | て形 | 辭書形 | ない形 | た形 |
|------|--------|------|--------|--------|------|
| 来<sup>き</sup>ます | 来<sup>き</sup> | 来<sup>き</sup>て | 来<sup>く</sup>る | 来<sup>こ</sup>ない | 来<sup>き</sup>た |

※請特別注意「来<sup>き</sup>ます」的辭書形是「来<sup>く</sup>る」、「ない形」是「来<sup>こ</sup>ない」。

# 三　形容詞及副詞

## （一）イ形容詞

### 1.雙音節イ形容詞 ◉MP3-22

| イ形容詞 | 漢字表記 | 中文翻譯 | イ形容詞 | 漢字表記 | 中文翻譯 |
|---------|---------|---------|---------|---------|---------|
| いい | － | 好 | ない | 無い | 沒有 |
| よい | 良い | 好 | | | |

### 2.三音節イ形容詞 ◉MP3-23

| イ形容詞 | 漢字表記 | 中文翻譯 | イ形容詞 | 漢字表記 | 中文翻譯 |
|---------|---------|---------|---------|---------|---------|
| あおい | 青い | 藍 | あかい | 赤い | 紅 |
| あつい | 厚い | 厚 | あつい | 暑い | 熱 |
| あつい | 熱い | 燙 | あまい | 甘い | 甜 |
| いたい | 痛い | 痛 | うすい | 薄い | 薄、淡 |
| おおい | 多い | 多 | おそい | 遅い | 慢 |
| おもい | 重い | 重 | からい | 辛い | 辣 |
| かるい | 軽い | 輕 | くらい | 暗い | 暗 |
| くろい | 黒い | 黑 | さむい | 寒い | 冷 |

61

| イ形容詞 | 漢字表記 | 中文翻譯 | イ形容詞 | 漢字表記 | 中文翻譯 |
|---|---|---|---|---|---|
| しろい | 白い | 白 | せまい | 狭い | 狹窄 |
| たかい | 高い | 高、貴 | ちかい | 近い | 近 |
| つよい | 強い | 強 | とおい | 遠い | 遠 |
| ながい | 長い | 長 | ぬるい | 温い | 微溫 |
| はやい | 早い | 早 | はやい | 速い | 快 |
| ひくい | 低い | 低 | ひろい | 広い | 寬廣 |
| ふとい | 太い | 粗 | ふるい | 古い | 舊 |
| ほしい | 欲しい | 想要 | ほそい | 細い | 細 |
| まずい | 不味い | 不好吃 | まるい | 丸い | 圓 |
| やすい | 安い | 便宜 | よわい | 弱い | 弱 |
| わかい | 若い | 年輕 | わるい | 悪い | 壞 |

## 3.四音節イ形容詞 ◎MP3-24

| イ形容詞 | 漢字表記 | 中文翻譯 | イ形容詞 | 漢字表記 | 中文翻譯 |
|---|---|---|---|---|---|
| あかるい | 明るい | 明亮、開朗 | あぶない | 危ない | 危險 |
| うるさい | 煩い | 煩人、吵 | おいしい | 美味しい | 好吃 |
| おおきい | 大きい | 大 | かわいい | 可愛い | 可愛 |
| きいろい | 黄色い | 黃 | きたない | 汚い | 髒 |
| すくない | 少ない | 少 | すずしい | 涼しい | 涼爽 |
| たのしい | 楽しい | 快樂 | ちいさい | 小さい | 小 |
| つめたい | 冷たい | 冰冷 | みじかい | 短い | 短 |
| やさしい | 易しい | 簡單 | | | |

## 4.五音節イ形容詞 ○MP3-25

| イ形容詞 | 漢字表記 | 中文翻譯 |
|---|---|---|
| あたたかい | 暖かい | 暖和 |
| あたたかい | 温かい | 溫熱 |
| あたらしい | 新しい | 新 |
| いそがしい | 忙しい | 忙碌 |
| おもしろい | 面白い | 有趣 |
| つまらない | ー | 無趣 |
| むずかしい | 難しい | 困難 |

## （二）ナ形容詞 ○MP3-26

| ナ形容詞 | 漢字表記 | 中文翻譯 | ナ形容詞 | 漢字表記 | 中文翻譯 |
|---|---|---|---|---|---|
| いや | 嫌 | 厭惡 | いろいろ | 色々 | 各式各樣 |
| きらい | 嫌い | 討厭 | きれい | 綺麗 | 漂亮 |
| けっこう | 結構 | 可以 | げんき | 元気 | 有精神、有活力 |
| しずか | 静か | 安靜 | じょうず | 上手 | 高明、厲害 |
| じょうぶ | 丈夫 | 結實、堅固 | すき | 好き | 喜歡 |
| だいじょうぶ | 大丈夫 | 沒問題 | だいすき | 大好き | 非常喜歡 |
| たいせつ | 大切 | 重要 | にぎやか | 賑やか | 熱鬧 |
| ひま | 暇 | 空閒 | へた | 下手 | 技巧糟糕 |
| べんり | 便利 | 方便 | ゆうめい | 有名 | 有名 |
| りっぱ | 立派 | 傑出、雄偉 | | | |

## （三）副詞 ◎MP3-27

| 副詞 | 中文翻譯 | 副詞 | 中文翻譯 |
|---|---|---|---|
| あまり | （不）太～ | いちばん | 最 |
| いっしょ | 一起 | いったい | 到底 |
| いつも | 總是 | いろいろ | 各式各樣 |
| おおぜい | 很多人 | けっこう | 可以 |
| すぐ | 立刻 | すこし | 稍微 |
| ぜんぶ | 全部 | たいてい | 大致上 |
| たいへん | 非常 | たくさん | 許多 |
| たぶん | 大概 | だんだん | 漸漸地 |
| ちょうど | 剛好 | ちょっと | 稍微 |
| ときどき | 有時、偶爾 | とても | 非常 |
| はじめて | 第一次 | はじめに | 開始 |
| ほか | 其他 | ほんとうに | 真的 |
| また | 又 | まだ | 還（沒） |
| まっすぐ | 直直地 | もう | 已經 |
| もちろん | 當然 | もっと | 更 |
| もういちど | 再一次 | ゆっくり | 慢慢地 |

# 四　外來語

## （一）雙音節外來語 ◎MP3-28

| 外來語 | 中文翻譯 | 外來語 | 中文翻譯 |
|---|---|---|---|
| キロ | 公斤 / 公里 | シャツ | 襯衫 |

| 外來語 | 中文翻譯 | 外來語 | 中文翻譯 |
|---|---|---|---|
| ゼロ | 零 | ドア | 門 |
| バス | 公車 | パン | 麵包 |
| ペン | 筆 | | |

## （二）三音節外來語 ◎MP3-29

| 外來語 | 中文翻譯 | 外來語 | 中文翻譯 |
|---|---|---|---|
| カップ | 咖啡杯 | カレー | 咖哩 |
| ギター | 吉他 | クラス | 班級 |
| グラス | 玻璃杯 | コート | 外套 |
| コップ | 杯子 | コピー | 影印 |
| シャワー | 淋浴 | ズボン | 褲子 |
| テープ | 錄音帶 | テスト | 考試 |
| テレビ | 電視 | トイレ | 廁所 |
| ナイフ | 刀子 | ニュース | 新聞 |
| ノート | 筆記本 | バター | 奶油 |
| プール | 游泳池 | フォーク | 叉子 |
| ページ | 頁數 | ベッド | 床 |
| ペット | 寵物 | ポスト | 郵筒、信箱 |
| ボタン | 鈕扣 | ホテル | 飯店 |
| マッチ | 火柴 | ラジオ | 收音機 |

## （三）四音節外來語 ◎MP3-30

| 外來語 | 中文翻譯 | 外來語 | 中文翻譯 |
|---|---|---|---|
| アパート | 公寓 | コーヒー | 咖啡 |
| スカート | 裙子 | ストーブ | 暖爐 |
| スプーン | 湯匙 | スポーツ | 運動 |
| スリッパ | 拖鞋 | セーター | 毛衣 |
| タクシー | 計程車 | テーブル | 餐桌 |
| デパート | 百貨公司 | ネクタイ | 領帶 |
| パーティー | 宴會 | ハンカチ | 手帕 |
| ポケット | 口袋 | メートル | 公尺 |
| ラジカセ | 收錄音機 | レコード | 唱片 |
| ワイシャツ | （白）襯衫 | | |

## （四）五音節以上外來語 ◎MP3-31

| 外來語 | 中文翻譯 | 外來語 | 中文翻譯 |
|---|---|---|---|
| カレンダー | 月曆 | ボールペン | 原子筆 |
| レストラン | 餐廳 | エレベーター | 電梯 |
| テープレコーダー | 錄音機 | | |

# 五　音讀名詞

## （一）雙音節名詞 ◎MP3-32

| 日文發音 | 漢字表記 | 中文翻譯 | 日文發音 | 漢字表記 | 中文翻譯 |
|---|---|---|---|---|---|
| いしゃ | 医者 | 醫生 | いす | 椅子 | 椅子 |

| 日文發音 | 漢字表記 | 中文翻譯 | 日文發音 | 漢字表記 | 中文翻譯 |
|---|---|---|---|---|---|
| いみ | 意味 | 意思 | かし | 菓子 | 點心 |
| ごご | 午後 | 下午 | じしょ | 辞書 | 字典 |
| ちず | 地図 | 地圖 | ふろ | 風呂 | 洗澡 |

## （二）三音節名詞 ◎MP3-33

| 日文發音 | 漢字表記 | 中文翻譯 | 日文發音 | 漢字表記 | 中文翻譯 |
|---|---|---|---|---|---|
| えいが | 映画 | 電影 | えいご | 英語 | 英文 |
| かぞく | 家族 | 家人 | かてい | 家庭 | 家庭 |
| かびん | 花瓶 | 花瓶 | かいしゃ | 会社 | 公司 |
| かんじ | 漢字 | 漢字 | きょねん | 去年 | 去年 |
| ごぜん | 午前 | 上午 | こうちゃ | 紅茶 | 紅茶 |
| さとう | 砂糖 | 砂糖 | さいふ | 財布 | 錢包 |
| ざっし | 雑誌 | 雜誌 | さんぽ | 散歩 | 散步 |
| じかん | 時間 | 時間 | じぶん | 自分 | 自己 |
| しゃしん | 写真 | 照片 | じゅぎょう | 授業 | 上課 |
| しょうゆ | 醤油 | 醬油 | せいと | 生徒 | 學生 |
| ぜんぶ | 全部 | 全部 | そうじ | 掃除 | 打掃 |
| ちゃわん | 茶碗 | 碗 | てんき | 天気 | 天氣 |
| でんき | 電気 | 電燈 | でんしゃ | 電車 | 電車 |
| びょうき | 病気 | 生病 | ぼうし | 帽子 | 帽子 |
| やさい | 野菜 | 蔬菜 | りょこう | 旅行 | 旅行 |
| ろうか | 廊下 | 走廊 | | | |

## （三）四音節名詞 ◎MP3-34

## 1.四音節名詞（1）

| 日文發音 | 漢字表記 | 中文翻譯 | 日文發音 | 漢字表記 | 中文翻譯 |
|---|---|---|---|---|---|
| いちにち | 一日 | 一天 | えんぴつ | 鉛筆 | 鉛筆 |
| おんがく | 音楽 | 音樂 | かいだん | 階段 | 樓梯 |
| がいこく | 外国 | 外國 | がくせい | 学生 | 學生 |
| がっこう | 学校 | 學校 | ぎゅうにく | 牛肉 | 牛肉 |
| ぎゅうにゅう | 牛乳 | 牛奶 | きょうしつ | 教室 | 教室 |
| きょうだい | 兄弟 | 兄弟姊妹 | ぎんこう | 銀行 | 銀行 |
| けいかん | 警官 | 警察 | けっこん | 結婚 | 結婚 |
| げんかん | 玄関 | 玄關 | こうえん | 公園 | 公園 |
| こうばん | 交番 | 派出所 | こんばん | 今晩 | 今天晚上 |
| こんげつ | 今月 | 這個月 | こんしゅう | 今週 | 這個星期 |
| さくぶん | 作文 | 作文 | しつもん | 質問 | 發問 |
| しゅくだい | 宿題 | 作業 | しょくどう | 食堂 | 餐廳 |
| しんぶん | 新聞 | 報紙 | せっけん | 石鹸 | 肥皂 |

## 2.四音節名詞（2）

| 日文發音 | 漢字表記 | 中文翻譯 | 日文發音 | 漢字表記 | 中文翻譯 |
|---|---|---|---|---|---|
| せんげつ | 先月 | 上個月 | せんしゅう | 先週 | 上個星期 |
| せんせい | 先生 | 老師 | せんたく | 洗濯 | 洗衣 |
| だいがく | 大学 | 大學 | どうぶつ | 動物 | 動物 |
| はんぶん | 半分 | 一半 | ばんごう | 番号 | 號碼 |

| 日文發音 | 漢字表記 | 中文翻譯 | 日文發音 | 漢字表記 | 中文翻譯 |
|---|---|---|---|---|---|
| びょういん | 病院 | 醫院 | ぶんしょう | 文章 | 文章 |
| べんとう | 弁当 | 便當 | べんきょう | 勉強 | 讀書、學習 |
| ほんとう | 本当 | 事實 | まいつき | 毎月 | 每個月 |
| まいしゅう | 毎週 | 每個星期 | まいばん | 毎晩 | 每個晚上 |
| まいにち | 毎日 | 每一天 | もんだい | 問題 | 問題 |
| ようふく | 洋服 | 衣服、西服 | らいげつ | 来月 | 下個月 |
| らいしゅう | 来週 | 下個星期 | らいねん | 来年 | 明年 |
| りょうしん | 両親 | 雙親 | りょうり | 料理 | 料理 |
| れんしゅう | 練習 | 練習 | | | |

# （四）三漢字名詞 ◎MP3-35

| 日文發音・漢字 | 中文翻譯 | 日文發音・漢字 | 中文翻譯 |
|---|---|---|---|
| えいがかん<br>映画館 | 電影院 | きっさてん<br>喫茶店 | 咖啡廳 |
| こうさてん<br>交差点 | 十字路口 | さらいねん<br>再来年 | 後年 |
| じてんしゃ<br>自転車 | 腳踏車 | じどうしゃ<br>自動車 | 汽車 |
| たいしかん<br>大使館 | 大使館 | たんじょうび<br>誕生日 | 生日 |
| ちかてつ<br>地下鉄 | 地鐵 | としょかん<br>図書館 | 圖書館 |
| ひこうき<br>飛行機 | 飛機 | まんねんひつ<br>万年筆 | 鋼筆 |
| ゆうびんきょく<br>郵便局 | 郵局 | りゅうがくせい<br>留学生 | 留學生 |
| れいぞうこ<br>冷蔵庫 | 冰箱 | | |

## 六　寒暄用語 ◎MP3-36

| 寒暄語 | 中文翻譯 |
| --- | --- |
| おはようございます。 | 早安。 |
| こんにちは。 | 你好。 |
| こんばんは。 | 晚安。 |
| おやすみなさい。 | 晚安。（睡前說） |
| さようなら。 | 再見。 |
| いただきます。 | 我要吃了。／開動。 |
| ごちそうさまでした。 | 我吃飽了。／謝謝您的招待。 |
| ごめんください。 | 有人在嗎？ |
| いらっしゃいませ。 | 歡迎光臨。 |
| おねがいします。 | 麻煩你了。 |
| しつれいしました。 | 打擾了。 |
| すみません。 | 不好意思。 |
| どういたしまして。 | 別客氣。 |
| はじめまして。 | 初次見面。 |
| どうぞよろしく。 | 請多多指教。 |
| こちらこそ。 | 彼此彼此。 |
| どうもありがとうございました。 | 非常感謝。 |

# 實力測驗

第一單元 言語知識（文字・語彙）

單字整理 實力測驗 解答解析

第二單元 言語知識（文法）

文法分析 實力測驗 解答解析

第三單元 讀解

閱讀解析 實力測驗 解答解析

第四單元 聽解

題型整理 實力測驗 解答解析

問題Ⅰ ＿＿＿の ことばは どう よみますか。1・2・3・4から いちばん いい ものを ひとつ えらんで ください。

**問1 この 道を 百メートル いって ください。右に こうえんが あります。**

（ ）① 道　　　1. へん　　2. はし　　3. みち　　4. まち
（ ）② 百　　　1. ひょく　2. びょく　3. ひゃく　4. びゃく
（ ）③ 右　　　1. みき　　2. みぎ　　3. ひたり　4. ひだり

**問2 お母さんは 電気を つけて、へやに 入りました。**

（ ）④ お母さん　1. おとうさん　　　　2. おかあさん
　　　　　　　　　3. おにいさん　　　　4. おねえさん
（ ）⑤ 電気　　　1. げんき　2. けんき　3. でんき　4. てんき
（ ）⑥ 入り　　　1. はいり　2. いり　　3. はしり　4. はり

**問3 今月の 4日から 7日まで 友だちと りょこうします。**

（ ）⑦ 今月　　1. こんつき　2. こんがつ　3. こんげつ　4. こんけづ
（ ）⑧ 4日　　1. よか　　　2. よっか　　3. ようか　　4. やっか
（ ）⑨ 7日　　1. ななか　　2. なのか　　3. しちにち　4. ななにち
（ ）⑩ 友だち　1. ゆうたち　2. ゆうだち　3. ともたち　4. ともだち

**問4 しゅくだいは 金よう日の 午後までに 出して ください。**

（ ）⑪ 金よう日　1. かようび　　　　2. どようび
　　　　　　　　　3. きんようび　　　4. もくようび

（　）⑫　午後　　　1. ごごう　　　2. ごご　　　3. ごこ　　　4. ごこう
（　）⑬　出して　　1. さして　　　2. でして　　　3. どして　　　4. だして

**問5　駅の　東がわには　店が　たくさん　ならんで　います。**

（　）⑭　駅　　　　1. いえ　　　　2. はし　　　　3. みち　　　　4. えき
（　）⑮　東　　　　1. ひがし　　　2. にし　　　　3. みなみ　　　4. きた

問題 II _____の ことばは どう かきますか。1・2・3・4から
いちばん いい ものを ひとつ えらんで ください。

**問1** そとで ちいさい おとこの こが ふたり あそんで います。

( )① そと　　　1. 他　　　　2. 外　　　　3. 角　　　　4. 内
( )② ちいさい 1. 小さい　　2. 少さい　　3. 細さい　　4. 大きい
( )③ おとこ　 1. 大人　　　2. 女　　　　3. 男　　　　4. 小人
( )④ ふたり　 1. 1人　　　 2. 2人　　　 3. 3人　　　 4. 4人

**問2** でぱーとで あたらしい てれびを かいました。

( )⑤ でぱーと 1. ヂパート　　　　　　　2. ヂポート
　　　　　　　3. デポート　　　　　　　4. デパート
( )⑥ あたらしい
　　　　　　　1. 親しい　 2. 新しい　 3. 親い　　 4. 新い
( )⑦ てれび　 1. テレベ　 2. チリビ　 3. テレビ　 4. テリビ
( )⑧ かいました
　　　　　　　1. 売いました　　　　　　2. 買いました
　　　　　　　3. 員いました　　　　　　4. 賈いました

**問3** この へんには せの たかい きが ありません。

( )⑨ たかい　 1. 低い　　 2. 広い　　 3. 安い　　 4. 高い
( )⑩ き　　　 1. 木　　　 2. 来　　　 3. 本　　　 4. 未

問題Ⅲ ＿＿＿に なにを いれますか。1・2・3・4から
いちばん いい ものを ひとつ えらんで ください。

( ) ① きのうは おなかが ＿＿＿ しごとを やすみました。
　　　　 1. とおくて 　　 2. はやくて 　　 3. おもくて 　　 4. いたくて

( ) ② わたしは いつも 12じに ねて 6じに ＿＿＿。
　　　　 1. あきます 　　 2. おきます 　　 3. ききます 　　 4. ひきます

( ) ③ ＿＿＿ えいがを みに いきます。
　　　　 1. よく 　　　　 2. とても 　　　 3. あまり 　　　 4. たいへん

( ) ④ この つくえは ふるいですが、とても ＿＿＿です。
　　　　 1. げんき 　　　 2. じょうぶ 　　 3. しんせつ 　　 4. しずか

( ) ⑤ おとうさんの おんなの きょうだいは ＿＿＿です。
　　　　 1. おじさん 　　 2. おじいさん 　 3. おばさん 　　 4. おばあさん

( ) ⑥ とりが かわいい こえで ＿＿＿ います。
　　　　 1. さいて 　　　 2. ふいて 　　　 3. ないて 　　　 4. ひいて

( ) ⑦ たべものでは ＿＿＿や にくが すきです。
　　　　 1. しょうゆ 　　 2. さとう 　　　 3. さかな 　　　 4. べんとう

( ) ⑧ つよい ＿＿＿が ふいて います。
　　　　 1. くも 　　　　 2. ゆき 　　　　 3. あめ 　　　　 4. かぜ

( ) ⑨ いもうとは ときどき ＿＿＿を ひきます。
　　　　 1. カメラ 　　　 2. テレビ 　　　 3. ピアノ 　　　 4. ダンス

( ) ⑩ ぎんこうの まえに くるまが ＿＿＿ います。
　　　　 1. たって 　　　 2. とまって 　　 3. のって 　　　 4. すわって

問題Ⅳ　_____の ぶんと だいたい おなじ いみの ぶんが あります。1・2・3・4から いちばん いい ものを ひとつ えらんで ください。

（　）① この みせでは やさいや くだものを うって います。

1. ここは にくやです。
2. ここは はなやです。
3. ここは やおやです。
4. ここは ほんやです。

（　）② テーブルに おさらを 3まい ならべて ください。

1. おさらを 3まい つかって ください。
2. おさらを 3まい おいて ください。
3. おさらを 3まい わたして ください。
4. おさらを 3まい もって ください。

（　）③ チンさんは りゅうがくせいです。

1. チンさんは べんきょうを しに きました。
2. チンさんは りょこうを しに きました。
3. チンさんは しごとを しに きました。
4. チンさんは けっこんを しに きました。

（　）④ はなこ：「いただきます」

1. はなこさんは うちへ かえりました。
2. はなこさんは ごはんを たべました。
3. はなこさんは これから でかけます。
4. はなこさんは これから ごはんを たべます。

（　）⑤ リンさんの　おじさんは　いしゃです。

    1. リンさんの　おとうさんの　おとうさんは　いしゃです。

    2. リンさんの　おとうさんの　おかあさんは　いしゃです。

    3. リンさんの　おとうさんの　おにいさんは　いしゃです。

    4. リンさんの　おとうさんの　おねえさんは　いしゃです。

# 解答

| 問題 I | ① 3 | ② 3 | ③ 2 | ④ 2 | ⑤ 3 |
|---|---|---|---|---|---|
| | ⑥ 1 | ⑦ 3 | ⑧ 2 | ⑨ 2 | ⑩ 4 |
| | ⑪ 3 | ⑫ 2 | ⑬ 4 | ⑭ 4 | ⑮ 1 |

| 問題 II | ① 2 | ② 1 | ③ 3 | ④ 2 | ⑤ 4 |
|---|---|---|---|---|---|
| | ⑥ 2 | ⑦ 3 | ⑧ 2 | ⑨ 4 | ⑩ 1 |

| 問題 III | ① 4 | ② 2 | ③ 1 | ④ 2 | ⑤ 3 |
|---|---|---|---|---|---|
| | ⑥ 3 | ⑦ 3 | ⑧ 4 | ⑨ 3 | ⑩ 2 |

| 問題 IV | ① 3 | ② 2 | ③ 1 | ④ 4 | ⑤ 3 |
|---|---|---|---|---|---|

# 中文翻譯及解析

## 問題 I

**問1** この 道を 百メートル 行って ください。右に こうえんが あります。

中譯 請沿著這條路走一百公尺。在右邊有公園。

**問2** お母さんは 電気を つけて、へやに 入りました。

中譯 母親打開電燈，進了房間。

**問3** 今月の 4日から 7日まで 友だちと りょこうします。

中譯 這個月四號到七號要和朋友旅行。

**問4** しゅくだいは 金よう日の 午後までに 出して ください。

中譯 作業請在星期五下午前繳交。

**問5** 駅の 東がわには 店が たくさん ならんで います。

中譯 車站的東側有很多商店。

## 問題Ⅱ

**問1**　<ruby>外<rt>そと</rt></ruby>で　<ruby>小<rt>ちい</rt></ruby>さい　<ruby>男<rt>おとこ</rt></ruby>の　こが　2<ruby>人<rt>ふたり</rt></ruby>　あそんで　います。

中譯　有二個小男孩在外面玩。

**問2**　デパートで　<ruby>新<rt>あたら</rt></ruby>しい　テレビを　<ruby>買<rt>か</rt></ruby>いました。

中譯　在百貨公司買了新電視。

**問3**　この　へんには　せの　<ruby>高<rt>たか</rt></ruby>い　<ruby>木<rt>き</rt></ruby>が　ありません。

中譯　這一帶沒有很高的樹。

問題 III

( ) ① きのうは　おなかが　_____　しごとを　やすみました。

　　　　1. とおくて　　　　2. はやくて　　　　3. おもくて　　　　4. いたくて

中譯　昨天肚子痛，所以沒上班。

解說　本句如果了解「おなか」（肚子）的意思，答案大致上就沒問題了。四個
　　　選項各自是「遠い」（遠的）、「早い」（早的）、「重い」（重的）、
　　　「痛い」（痛的）的て形變化，因此正確的是「おなかが痛い」（肚子痛）。

( ) ② わたしは　いつも　１２じに　ねて　６じに　_____。

　　　　1. あきます　　　　2. おきます　　　　3. ききます　　　　4. ひきます

中譯　我總是十二點睡，六點起床。

解說　本句考的是ます形的「き」結尾的動詞。各選項是「開きます」（開）、
　　　「起きます」（起床）、「聞きます」（聽、問）、「弾きます」（彈
　　　奏）。選項2才符合句意。

( ) ③ _____　えいがを　みに　いきます。

　　　　1. よく　　　　2. とても　　　　3. あまり　　　　4. たいへん

中譯　我常常去看電影。

解說　本句考的是副詞用法。「とても」和「たいへん」都是表示程度高，
　　　「あまり」後面主要接否定，意思是「不太～」。而此處的「よく」是頻
　　　率副詞，表「經常」之意。

( ) ④ この　つくえは　ふるいですが、とても　_____です。

　　　　1. げんき　　　　2. じょうぶ　　　　3. しんせつ　　　　4. しずか

中譯　這張桌子雖然很舊，但卻非常牢靠。

解說　本句考ナ形容詞。「元気」（活力）、「丈夫」（牢靠、結實）、「親

切」（親切）、「静か」（安靜）等四選項，只有「丈夫」可以拿來形容「机」（桌子）。

（　）⑤ おとうさんの　おんなの　きょうだいは ＿＿＿＿ です。

    1. おじさん　　　　2. おじいさん　　　3. おばさん　　　4. おばあさん

中譯　父親的姊妹是姑姑。

解說　「兄弟」指兄弟姊妹，但若前面加上「女」（女性），則不含兄弟，僅限於姊妹。因此答案為「おばさん」（姑姑）。

（　）⑥ とりが　かわいい　こえで ＿＿＿＿ います。

    1. さいて　　　　2. ふいて　　　　3. ないて　　　　4. ひいて

中譯　小鳥正用可愛的聲音在叫著。

解說　四個選項各為「咲きます」（花開）、「吹きます」（吹）、「鳴きます」（鳴叫）、「弾きます」（彈奏），因此要選表示動物鳴叫的「鳴きます」。

（　）⑦ たべものでは ＿＿＿＿ や　にくが　すきです。

    1. しょうゆ　　　2. さとう　　　　3. さかな　　　　4. べんとう

中譯　食物當中我喜歡魚和肉。

解說　四個選項各是「しょうゆ」（醬油）、「砂糖」（糖）、「魚」（魚）、「弁当」（便當）。廣義來說，雖然都是食物，但此處要選擇可以和「肉」（肉）並列的「魚」（魚）。

（　）⑧ つよい ＿＿＿＿ が　ふいて　います。

    1. くも　　　　　2. ゆき　　　　　3. あめ　　　　　4. かぜ

中譯　正吹著強風。

解說　「雲」是雲、「雪」是雪、「雨」是雨、「風」是風。本句的動詞是「吹きます」（吹）。故答案應選4。

81

（　）⑨ いもうとは　ときどき　＿＿＿＿　を　ひきます。

　　　1. カメラ　　　　　2. テレビ　　　3. ピアノ　　　　4. ダンス

中譯　妹妹偶爾彈鋼琴。

解說　動詞「弾きます」是彈奏的意思。四個選項各是「カメラ」（相機）、
　　　「テレビ」（電視）、「ピアノ」（鋼琴）、「ダンス」（舞蹈），只有
　　　「ピアノ」是樂器，故應選3。

（　）⑩ ぎんこうの　まえに　くるまが　＿＿＿＿　います。

　　　1. たって　　　　2. とまって　　　3. のって　　　　4. すわって

中譯　銀行前面停著一台車。

解說　四個選項各是「立ちます」、「止まります」、「乗ります」、「座りま
　　　す」的「ている形」，意思各為站著、停著、搭乘著、坐著。由於主詞是
　　　車子，因此答案為2。

第一單元 言語知識（文字・語彙）
單字整理　實力測驗　解答解析

第二單元 言語知識（文法）
文法分析　實力測驗　解答解析

第三單元 讀解
閱讀解析　實力測驗　解答解析

第四單元 聽解
題型整理　實力測驗　解答解析

問題IV

（　）① この　みせでは　やさいや　くだものを　うって　います。

    1. ここは　にくやです。

    2. ここは　はなやです。

    <u>3. ここは　やおやです。</u>

    4. ここは　ほんやです。

中譯　這間店賣著青菜和水果。

    1. 這裡是肉舖。

    2. 這裡是花店。

    <u>3. 這裡是蔬果店。</u>

    4. 這裡是書店。

（　）② テーブルに　おさらを　3まい　ならべて　ください。

    1. おさらを　3まい　つかって　ください。

    <u>2. おさらを　3まい　おいて　ください。</u>

    3. おさらを　3まい　わたして　ください。

    4. おさらを　3まい　もって　ください。

中譯　請將三個盤子擺在桌上。

    1. 請使用三個盤子。

    <u>2. 請放三個盤子。</u>

    3. 請給三個盤子。

    4. 請拿三個盤子。

（　）③ チンさんは　りゅうがくせいです。

1. チンさんは　べんきょうを　しに　きました。

2. チンさんは　りょこうを　しに　きました。

3. チンさんは　しごとを　しに　きました。

4. チンさんは　けっこんを　しに　きました。

中譯　陳同學是留學生。

1. 陳同學來讀書。

2. 陳同學來旅行。

3. 陳同學來工作。

4. 陳同學來結婚。

（　）④ はなこ：「いただきます」

1. はなこさんは　うちへ　かえりました。

2. はなこさんは　ごはんを　たべました。

3. はなこさんは　これから　でかけます。

4. はなこさんは　これから　ごはんを　たべます。

中譯　花子：「我要吃了。」

1. 花子小姐回到了家。

2. 花子小姐吃完飯了。

3. 花子小姐正要出門。

4. 花子小姐正要吃飯。

（　）⑤ リンさんの　おじさんは　いしゃです。

　　　1. リンさんの　おとうさんの　おとうさんは　いしゃです。
　　　2. リンさんの　おとうさんの　おかあさんは　いしゃです。
　　　3. リンさんの　おとうさんの　おにいさんは　いしゃです。
　　　4. リンさんの　おとうさんの　おねえさんは　いしゃです。

中譯　林先生的伯父是醫生。

　　　1. 林先生的父親的爸爸是醫生。

　　　2. 林先生的父親的媽媽是醫生。

　　　3. 林先生的父親的哥哥是醫生。

　　　4. 林先生的父親的姊姊是醫生。

第一單元　言語知識（文字・語彙）
單字整理　實力測驗　解答解析

第二單元　言語知識（文法）
文法分析　實力測驗　解答解析

第三單元　讀解
閱讀解析　實力測驗　解答解析

第四單元　聽解
題型整理　實力測驗　解答解析

# メモ

# 言語知識（文法）

# 文法準備要領

　　新日檢N5言語知識的文法部分和讀解在同一節考試，考試時間只有四十分鐘，因此時間的分配及掌握，是能否獲得高分的關鍵。相信只要將本書中的文法觀念記熟，考試時一看到題目，一定可以毫不猶豫地作答。

　　有關文法的考題，共有三大題。第一大題句子填空共十六小題，第二大題重組句子與第三大題文章填空則各有五小題。應試時若可迅速正確地完成前面的文法題目，就能有充裕的時間思考後面的閱讀測驗。

# 必考文法分析

## 一　助詞篇

　　日文中的助詞若要細分，可分為格助詞、副助詞、接續助詞、終助詞等多種用法。不過同一個字可能涵蓋多種功能（例如「が」就同時具有格助詞以及接續助詞的功能），若分開學習，往往會造成困擾，並容易忽略相關的文法比較。因此本書捨棄傳統助詞分類的方式，而是以字為中心，同時介紹一個助詞的多種用法。讓讀者在學習助詞用法的同時，也可以一併了解各用法的差異。

## （一）を ◎MP3-37

### ◎表示受詞（目的語）

■ご飯を　食べます。

吃飯。

■お茶を　飲みます。

喝茶。

### ◎表示動作的移動（離開、移動路線、通過點）

■電車を　降ります。

下電車。

■橋を　渡ります。

過橋。

89

■店の　前を　行きます。

走過商店前。

注意！助詞「を」除了最常見的表示「受詞」的功能外，還有表示「移動」的功能。最主要區別方式為：「を＋他動詞」表受詞；「を＋自動詞」表通過、移動。N5範圍常出現的相關自動詞有「飛びます」（飛、跳）、「渡ります」（通過）、「散歩します」（散步）、「出ます」（出席、出去）等。

# （二）で ◎MP3-38

## ◎表示動作發生的場所

■食堂で　食べます。

在餐廳吃。

## ◎表示工具、手段

■箸で　食べます。

用筷子吃。

■電車で　行きます。

搭電車去。

## ◎表示範圍

■1人で　食べます。

一個人吃。

■みんなで　行きます。

大家一起去。

◎ **表示原因、理由**

■ 病気<ruby>病<rt>びょう</rt></ruby><ruby>気<rt>き</rt></ruby>で　<ruby>休<rt>やす</rt></ruby>みます。

生病所以請假。

■ <ruby>事<rt>じ</rt></ruby><ruby>故<rt>こ</rt></ruby>で　<ruby>遅<rt>おく</rt></ruby>れました。

因為意外而遲到了。

## （三）に ◎MP3-39

◎ **表示存在的場所**

■ <ruby>先<rt>せん</rt></ruby><ruby>生<rt>せい</rt></ruby>は　<ruby>教<rt>きょう</rt></ruby><ruby>室<rt>しつ</rt></ruby>に　います。

老師在教室裡。

■ <ruby>教<rt>きょう</rt></ruby><ruby>室<rt>しつ</rt></ruby>に　<ruby>机<rt>つくえ</rt></ruby>が　あります。

教室裡有桌子。

◎ **表示動作的時間點**

■ 6<ruby>時<rt>じ</rt></ruby>に　<ruby>起<rt>お</rt></ruby>きます。

六點起床。

◎ **表示動作的對象**

■ <ruby>友<rt>とも</rt></ruby>だちに　<ruby>電<rt>でん</rt></ruby><ruby>話<rt>わ</rt></ruby>を　かけます。

打電話給朋友。

■ <ruby>弟<rt>おとうと</rt></ruby>に　<ruby>本<rt>ほん</rt></ruby>を　<ruby>貸<rt>か</rt></ruby>します。

借弟弟書。

◎ **表示動作的歸著點（到、進入）**

■ 部屋<ruby>へ<rt>へ</rt></ruby>や<u>に</u> 入<u>はい</u>ります。

　　　進房間。

■ 本<u>ほん</u>を 本棚<u>ほんだな</u>に 上<u>あ</u>げます。

　　　把書放到書架上。

◎ **表示動作的目的**

■ 映画<u>えいが</u>を 見<u>み</u>に 行<u>い</u>きます。

　　　去看電影。

■ 日本<u>にほん</u>へ 旅行<u>りょこう</u>に 行<u>い</u>きます。

　　　去日本旅行。

◎ **表示動作的頻率**

■ 1日<u>いちにち</u>に 3回<u>さんかい</u> 薬<u>くすり</u>を 飲<u>の</u>みます。

　　　一天吃三次藥。

# （四）へ ⊙MP3-40

◎ **表示動作的方向**

■ 日本<u>にほん</u>へ 行<u>い</u>きます。

　　　去日本。

## （五）と ◎MP3-41

### ◎表示名詞的並列

■ 机<ruby>つくえ</ruby>と　いすが　あります。

有桌子和椅子。

### ◎表示動作一起進行

■ 友<ruby>とも</ruby>だちと　一緒<ruby>いっしょ</ruby>に　映画<ruby>えいが</ruby>を　見<ruby>み</ruby>ます。

和朋友一起看電影。

## （六）や ◎MP3-42

### ◎表示名詞的並列（列舉）

■ 机<ruby>つくえ</ruby>や　いすが　あります。

有桌子和椅子。

> 注意！「と」和「や」都有表示名詞並列的功能。差異在於「や」用於部分列舉，「と」則是將所有的東西全部舉出。所以「教室に机<ruby>きょうしつ</ruby>といすがあります」和「教室に机<ruby>きょうしつ</ruby>やいすがあります」二個句子中文解釋，雖然都是「教室裡有桌子和椅子」，但後者有著教室裡還有其他東西的意思，因此「や」的句子常與「など」（等等）共同出現。例如「教室に机<ruby>きょうしつ</ruby>やいすなどがあります」（教室裡有桌子、椅子等等）。

93

## （七）から ◎MP3-43

◎**表示時間或地點的起點**

■日本<u>から</u> 来ました。

從日本來了。

■9時<u>から</u> 始まります。

從九點開始。

◎**表示原因、理由**

■病気です<u>から</u>、行きません。

因為生病，所以不去。

◎**表示動作先後順序**

■手を 洗って<u>から</u>、食べます。

洗手之後再吃。

■歯を 磨いて<u>から</u>、寝ます。

刷好牙後再睡。

---

注意！「から」的三個用法要從連接的方式來判斷。1.「名詞＋から」是表示「起點」的格助詞；2.「句子＋から」是表示「原因理由」的順態接續助詞；3.「動詞て形＋から」則是表示「先後順序」的句型。

## （八）まで ◎MP3-44

### ◎表示時間、地點的終點

■授業は　9時から　4時までです。

課程是九點到四點。

■公園まで　走ります。

跑到公園。

## （九）の ◎MP3-45

### ◎名詞＋名詞

■田中さんは　日本人の　先生です。

田中先生是日籍老師。

### ◎省略所有格後面的名詞

■これは　わたしのです。

這是我的。

## （十）が ◎MP3-46

### ◎表示主語

■英語が　わかります。

懂英文。

■誰が　行きますか。

誰要去呢？

◎ 雖然～但是～（表示逆接的接續助詞）
- 日本語は　難しいですが、面白いです。

  日文雖然很難，但是很有趣。

◎ 前置詞（表示句子未結束的接續助詞）
- すみませんが、台北駅は　どこですか。

  不好意思，台北車站在哪裡呢？

# （十一）は ◎MP3-47

◎ 表示主題
- わたしは　学生です。

  我是學生。

◎ 表示對比
- 英語は　わかりますが、日本語は　わかりません。

  懂英文，但不懂日文。

# （十二）も ◎MP3-48

◎ 表示二者均～（AもBも）
- 田中さんも　木村さんも　大学生です。

  田中同學和木村同學都是大學生。

## ◎表示全面否定（疑問詞＋も＋否定）

■何も　ありません。

　　什麼也沒有。

■誰も　行きません。

　　誰都不去。


# （十三）か　◎MP3-49

## ◎表示選擇（AかB）

■鉛筆か　ボールペンで　書きます。

　　用鉛筆或原子筆寫。

## ◎表示不確定（疑問詞＋か）

■教室に　誰か　いますか。

　　教室裡有人嗎？

■どこかへ　行きますか。

　　要去哪裡嗎？

# 二　詞類變化篇

## （一）名詞、イ形容詞、ナ形容詞 ◎MP3-50

　　名詞、イ形容詞、ナ形容詞的出題方式，主要著重在肯定、否定、現
在式、過去式的各種變化，以及相互修飾、連接時的語尾變化。

## 1. 名詞

### 1.1 肯定、否定與時態變化

◎名詞（常體）

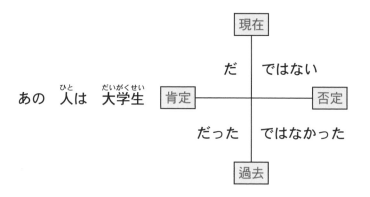

◎名詞（敬體）

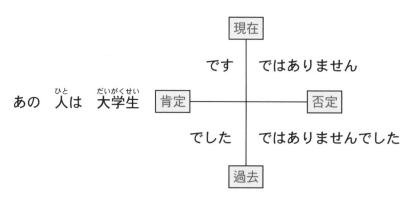

## 1.2 名詞與其他詞類連接

名詞除了上述四個語尾變化以外，還要注意與各種詞類的連接方式。

◎ 名詞 ＋ の ＋ 名詞
■ あの　人は　日本人の　先生です。
<small>ひと　　にほんじん　　せんせい</small>

那個人是日籍老師。

◎ 名詞 ＋ に ＋ 動詞
■ 花子さんは　大学生に　なりました。
<small>はなこ　　　だいがくせい</small>

花子同學成為大學生了。

## 1.3 名詞語尾整理

| 語幹 | 語尾變化 | 說明 |
|---|---|---|
| 日本人<br><small>にほんじん</small> | だ | （現在式肯定） |
| | ではない | （現在式否定） |
| | だった | （過去式肯定） |
| | ではなかった | （過去式否定） |
| | に | ＋ 動詞 |
| | の | ＋ 名詞 |

# 2. イ形容詞

## 2.1 肯定、否定與時態變化

### ◎イ形容詞（常體）

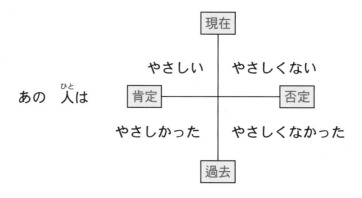

### ◎イ形容詞（敬體）

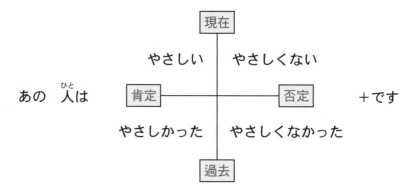

イ形容詞敬體句型的現在式否定除了「～くないです」外，還可用「～くありません」來表示。因此「やさしくありません」就等於「やさしくないです」。

<u>やさしくありません</u>＝やさし<u>くないです</u>

　イ形容詞的語尾變化為以上四種，是N5檢定的必考題。常見考法如下：

きょうの　テストは　＿＿＿＿＿なかったですよ。

1. むずかし　　　2. むずかしい　　　3. むずかしくて　　　4. むずかしく

解說：形容詞的語尾變化第一步就是要將語尾的「い」去掉後，分別加上「かった」、「くない」、「くなかった」。故本題答案為<u>4</u>。本句意思為「今天的考試不難呀。」

第一單元　言語知識（文字・語彙）　單字整理　實力測驗　解答解析

文法分析

第二單元　言語知識（文法）

實力測驗　解答解析

第三單元　讀解

閱讀解析　實力測驗　解答解析

第四單元　聽解

題型整理　實力測驗　解答解析

## 2.2 イ形容詞與其他詞類連接

　　イ形容詞除了上述四個語尾變化以外，還要注意與各種詞類的連接方式。

◎ イ形容詞 + いくて + 形容詞

　　規則：「去い加くて」

　　　　小さい → 小さくて

■ あちらは　小さくて　暑いです。

　　那裡又小又熱。

◎ イ形容詞 + 名詞

　　規則：不加任何字，不做任何改變，直接可以修飾名詞。

　　　　小さいの花（錯誤！！）

　　　　小さい花　（正確！！）

> 注意！華人總是會不小心地在イ形容詞後面加上「の」，所以請多注意。「の」是日文裡名詞和名詞連接的方式，和イ形容詞沒有關聯。

◎ イ形容詞 + いく + 動詞

　　規則：「去い加く」

　　　　小さい → 小さく

■ 字を　小さく　書きます。

　　把字寫得小小的。

## 2.3 イ形容詞語尾整理

| 語幹 | 語尾變化 | 說明 |
|:---:|:---:|:---:|
| 大（おお）き | い | （現在式肯定） |
| | くない | （現在式否定） |
| | かった | （過去式肯定） |
| | くなかった | （過去式否定） |
| | くて | ＋形容詞 |
| | く | ＋動詞 |
| | い | ＋名詞 |

### 3. ナ形容詞

#### 3.1 肯定、否定與時態變化

◎ナ形容詞（常體）

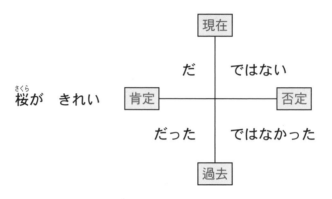

◎ナ形容詞（敬體）

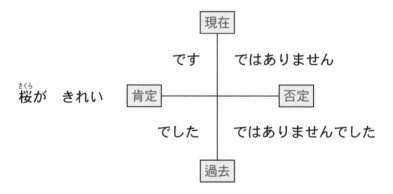

　　ナ形容詞的常體語尾變化為以上四種，若非以上四種形式，皆不是正確答案。常見出題形式如下：

> こうえんの　花は　とても　＿＿＿＿＿。
> 1. きれいだった　　　　　　2. きれかった
> 3. きれくなかった　　　　　4. きれいくないだった

解說：「きれい」為ナ形容詞，而選項2、3均為イ形容詞的語尾變化，選項4則與ナ形容詞、イ形容詞的語尾皆不符，故答案為1。「きれい＋だった」表示過去式肯定常體。本句意思是「公園的花非常漂亮。」

## 3.2 ナ形容詞與其他詞類連接

　　ナ形容詞除了注意以上四種語尾變化外，和各詞類的連接方式也要注意。

◎ ナ形容詞 ＋ で ＋ 形容詞
■あの　先生は　きれいで　親切です。
那位老師又漂亮又親切。

◎ ナ形容詞 ＋ な ＋ 名詞
■あそこに　きれいな　女の　子が　います。
那裡有漂亮的女孩子。

◎ ナ形容詞 ＋ に ＋ 動詞
■花が　きれいに　咲きます。
花會開得很漂亮。

## 3.3 ナ形容詞語尾整理

| 語幹 | 語尾變化 | 說明 |
|---|---|---|
| きれい | だ | （現在式肯定） |
| | ではない | （現在式否定） |
| | だった | （過去式肯定） |
| | ではなかった | （過去式否定） |
| | で | ＋形容詞 |
| | に | ＋動詞 |
| | な | ＋名詞 |

## （二）動詞 ◎MP3-51

## 1. 動詞分類

| 日本語教育文法（國文法） | | 動詞例 |
|---|---|---|
| Ⅰ類動詞（五段動詞） | | 書きます、待ちます、行きます |
| Ⅱ類動詞<br>（一段動詞） | iます（上一段） | います、起きます、見ます |
| | eます（下一段） | 食べます、寝ます、掛けます |
| Ⅲ類動詞（カ變・サ變） | | します、勉強します、来ます |

　　表格內（　）部分表示的是傳統文法，也就是「國文法」的動詞分類用語。由於某些讀者過去學的是傳統文法，所以一併列出讓讀者對照。

　　要了解動詞變化，要先知道如何動詞分類，圖中框起來的部分稱為「ます形」。在現代日語教育文法中，大多以「ます形」來進行動詞的分類，同時「ます形」也成為動詞變化的基礎。請讀者們務必記住，將動詞語尾的「ます」去掉，就成為該動詞的「ます形」。（「ます形」在傳統日語文法中稱為「連用形」。）

動詞　　→　ます形

食べます　→　　食べ

　　屬於III類動詞的有「来ます」、「します」、以及其他「名詞＋します」的漢語動詞。對學習者來說，最困難的應該是如何區別I類動詞和II類動詞。請先注意I類動詞的「ます形」結尾，所有I類動詞的「ます形」結尾均是「i段」音結束；而II類動詞的「ます形」結尾則有「i段」音、「e段」音二種。所以，只有II類動詞的「ます形」才會以「e段」結束，例如：「食べ」、「寝」、「掛け」等等。因此，可以得到一個結論：

　　　　　　　　「ます形」結尾是「e段」的動詞為II類動詞

　　但是，「ます形」結尾是「i段」的動詞要怎麼區別呢？在初級日語前期（相當於N5）的階段中，「i段」結尾的II類動詞並不多。所以只要將下列「i段」結尾II類動詞記住，其他的動詞自然就是I類動詞。

　　「iます」結尾的II類動詞

| 動詞 | 中譯 | 動詞 | 中譯 |
|------|------|------|------|
| 浴びます | 浴、淋 | 借ります | 借（入） |
| います | 在、有 | 着ます | 穿 |
| 起きます | 起床 | 出来ます | 會、能 |
| 降ります | 下車 | 見ます | 看 |

## 2. 動詞變化

N5動詞變化會出現「ます形」、「辭書形」、「ない形」、「て形」、「た形」。各類動詞的動詞變化如下：

### 2.1 I 類動詞

| 動詞 | ます形 | 辭書形 | ない形 | て形 | た形 | 中譯 |
|---|---|---|---|---|---|---|
| 会<sup>あ</sup>います | 会<sup>あ</sup>い | 会<sup>あ</sup>う | 会<sup>あ</sup>わない | 会<sup>あ</sup>って | 会<sup>あ</sup>った | 見面 |
| 書<sup>か</sup>きます | 書<sup>か</sup>き | 書<sup>か</sup>く | 書<sup>か</sup>かない | 書<sup>か</sup>いて | 書<sup>か</sup>いた | 寫 |
| 出<sup>だ</sup>します | 出<sup>だ</sup>し | 出<sup>だ</sup>す | 出<sup>だ</sup>さない | 出<sup>だ</sup>して | 出<sup>だ</sup>した | 交出 |
| 待<sup>ま</sup>ちます | 待<sup>ま</sup>ち | 待<sup>ま</sup>つ | 待<sup>ま</sup>たない | 待<sup>ま</sup>って | 待<sup>ま</sup>った | 等 |
| 遊<sup>あそ</sup>びます | 遊<sup>あそ</sup>び | 遊<sup>あそ</sup>ぶ | 遊<sup>あそ</sup>ばない | 遊<sup>あそ</sup>んで | 遊<sup>あそ</sup>んだ | 遊玩 |
| 飲<sup>の</sup>みます | 飲<sup>の</sup>み | 飲<sup>の</sup>む | 飲<sup>の</sup>まない | 飲<sup>の</sup>んで | 飲<sup>の</sup>んだ | 喝 |
| 入<sup>はい</sup>ります | 入<sup>はい</sup>り | 入<sup>はい</sup>る | 入<sup>はい</sup>らない | 入<sup>はい</sup>って | 入<sup>はい</sup>った | 進入 |
| あります | あり | ある | <u>ない</u> | あって | あった | 有、在 |
| 行<sup>い</sup>きます | 行<sup>い</sup>き | 行<sup>い</sup>く | 行<sup>い</sup>かない | <u>行<sup>い</sup>って</u> | <u>行<sup>い</sup>った</u> | 去 |

其中，要特別注意「あります」的「ない形」是「ない」。「行<sup>い</sup>きます」的「て形」是「行<sup>い</sup>って」，「た形」是「行<sup>い</sup>った」，是「促音變」，非「い音變」。

◎**ます形**：將動詞語尾「ます」去除，即成為ます形。

書<sub>か</sub>きます　→　書<sub>か</sub>き

◎**辭書形**：將ます形結尾由原本的 i 段音改為 u 段音，即成為辭書形。

書<sub>か</sub>|き|ます　→　書<sub>か</sub>|く|

◎**ない形**：將ます形結尾的音改為 a 段音，再加上ない，即成為ない形。若結尾是い時（例如「会<sub>あ</sub>います」、「習<sub>なら</sub>います」），要變成わ，然後再加ない。此外，「あります」的「ない形」，不是「あらない」，而是「ない」。請當作例外記下來。

書<sub>か</sub>|き|ます　→　書<sub>か</sub>|か|ない

会<sub>あ</sub>|い|ます　→　会<sub>あ</sub>|わ|ない

あります　→　ない

◎**て形**：Ⅰ類動詞的「て形」變化需要「音變」（日文為「音便<sub>おんびん</sub>」，指的是為了發音容易，而進行的變化），其變化方式看似複雜，但只要熟記以下規則，當作口訣多複誦幾次，任何Ⅰ類動詞都能輕鬆變成「て形」。

ます形結尾 「い」「ち」「り」促音變

ます形結尾 「み」「び」「に」鼻音變

ます形結尾 「き」い音變

ます形結尾 「し」無音變

促音變：「い」「ち」「り」→「って」

会<sub>あ</sub>|い|ます　→　会<sub>あ</sub>って

待<sub>ま</sub>|ち|ます　→　待<sub>ま</sub>って

入<sub>はい</sub>|り|ます　→　入<sub>はい</sub>って

鼻音變：「み」「び」「に」→「んで」

飲みます → 飲んで
遊びます → 遊んで
死にます → 死んで

い音變：「き」→「いて」（「ぎ」→「いで」）

書きます → 書いて
泳ぎます → 泳いで

無音變：「し」→「して」

出します → 出して

例外：行きます → 行って　　（唯一的例外，請務必牢記。）

◎ **た形：** 所有音變和「て形」相同，因此只要將以上「て形」的「て」改
成「た」，即成為「た形」。

## 2.2 II 類動詞

| 動詞 | ます形 | 辭書形 | ない形 | て形 | た形 | 中譯 |
|------|--------|--------|--------|------|------|------|
| 起きます | 起き | 起きる | 起きない | 起きて | 起きた | 起床 |
| 食べます | 食べ | 食べる | 食べない | 食べて | 食べた | 吃 |

　II 類動詞的動詞變化沒有音變，只要在「ます形」後加上「る」就成
為「辭書形」；加上「ない」就成為「ない形」；加上「て」就成為「て
形」；加上「た」就成為「た形」。

第一單元 言語知識（文字・語彙）

單字整理｜實力測驗｜解答解析

文法分析

第二單元 言語知識（文法）

實力測驗｜解答解析

第三單元 讀解

閱讀解析｜實力測驗｜解答解析

第四單元 聽解

題型整理｜實力測驗｜解答解析

### 2.3 III類動詞

| 動詞 | ます形 | 辭書形 | ない形 | て形 | た形 | 中譯 |
|---|---|---|---|---|---|---|
| します | し | する | しない | して | した | 做 |
| 来<sup>き</sup>ます | 来<sup>き</sup> | 来<sup>く</sup>る | 来<sup>こ</sup>ない | 来<sup>き</sup>て | 来<sup>き</sup>た | 來 |

　　III類動詞較不規則，不過只有「します」、「来<sup>き</sup>ます」二個字，請個別記住。尤其要注意「来<sup>き</sup>ます」各種變化時漢字讀音的差異。

# 3. 各動詞變化之常用句型

◎ ます形 ＋ ながら：一邊〜，一邊〜（表動作同時進行）
■ お酒を　飲みながら、話を　します。

一邊喝著酒，一邊聊天。

◎ ます形 ＋ たい：我想〜（表願望）
■ 映画を　見たいです。

我想看電影。

◎ ます形 ＋ に　行きます：去〜（表目的）
■ プールへ　泳ぎに　行きます。

去游泳池游泳。

◎ ます形 ＋ ましょう：〜吧（表提議）
■ 食べましょう。

吃吧！

◎ て形 ＋ ください：請〜
■ 立って　ください。

請站起來。

◎ て形 ＋ います（表現在進行式、或狀態）
■ あの　人は　ご飯を　食べて　います。（現在進行式）

那個人正在吃飯。

■ あの　人は　立って　います。（狀態）

那個人站著。

■ 電気が　ついて　います。（狀態）

電燈亮著。

◎ て形 ＋ あります（表狀態，前面的動詞為「他動詞」）

■ かばんに 名前が 書いて あります。

包包上有寫名字。

◎ て形 ＋ から：先～再～

■ 手を 洗ってから、ご飯を 食べます。

洗手後再吃飯。

◎ ない形 ＋ で ください：請不要～

■ タバコを 吸わないで ください。

請不要抽菸。

◎ 辭書形 ＋ 前に：～之前

■ ご飯を 食べる前に、手を 洗います。

吃飯前洗手。

◎ た形 ＋ 後で：～之後

■ 授業が 終わった後で、遊びに 行きましょう。

下課後去玩吧！

# 三 其他相關句型

## （一）疑問詞 ◎MP3-52

　　首先，先複習一下相關疑問詞用法。這是因為文法讀解中常常出現問句或是疑問詞的相關用法。


◎**どれ：哪個（指示代名詞）**

　■あなたの 本は どれですか。

　　你的書是哪一本呢？

◎**どの：哪個（指示詞，後面一定要接名詞）**

　■どの ネクタイが いいですか。

　　哪條領帶好呢？

◎**どんな：怎樣的、哪種（後面一定要接名詞）**

　■どんな 果物が 好きですか。

　　喜歡怎樣的水果呢？

◎**どこ：哪裡（問地點）**

　■あれは どこの 車ですか。

　　那是哪裡的車呢？

◎**どちら：哪邊（問方向，比「どこ」有禮貌）**

　■すみません、トイレは どちらですか。

　　不好意思，請問洗手間在哪邊呢？

第一單元 言語知識（文字・語彙）

單字整理｜實力測驗｜解答解析

第二單元 言語知識（文法）

文法分析｜實力測驗｜解答解析

第三單元 讀解

題型解析｜實力測驗｜解答解析

第四單元 聽解

題型整理｜實力測驗｜解答解析

◎ **どのぐらい / どのくらい：多久（問時間的長短）**

■ あなたの　家から　学校まで　どのぐらい　かかりますか。

從你家到學校要多久呢？

◎ **どうして：為什麼（問原因）**

■ どうして　行きませんか。

為什麼不去呢？

# （二）副詞及接尾詞 ◎ MP3-53

下列副詞及接尾詞的相關用法也很常出現，不要忽略了，最好當作片語記下來。

◎ **～しか～ない：只有～（後面一定要接否定）**

■ 教室に　3人しか　いません。

教室裡只有三個人。

■ 今朝は　パンしか　食べませんでした。

今天早上只吃了麵包。

◎ **あまり～ない：不太～**

■ 日曜日には　あまり　勉強しません。

星期天我不太讀書。

■ きょうは　あまり　寒くないです。

今天不太冷。

◎〜ぐらい／〜くらい：數量 + 左右

■ 1時間ぐらいです。

　一個小時左右。

■ ３０キロぐらいです。

　三十公里左右。

◎〜ごろ：時間 + 左右

■ 1時ごろです。

　一點左右。

第一單元 言語知識（文字・語彙）

單字整理 ｜ 實力測驗 ｜ 解答解析

文法分析

第二單元 言語知識（文法）

實力測驗 ｜ 解答解析

第三單元 讀解

閱讀解析 ｜ 實力測驗 ｜ 解答解析

第四單元 聽解

題型整理 ｜ 實力測驗 ｜ 解答解析

# 實力測驗

問題Ⅰ _____に なにを いれますか。1・2・3・4から
いちばん いい ものを ひとつ えらんで ください。

( )① なつ休みは あした_____ はじまります。

　　　1. が　　　　　2. から　　　　　3. まで　　　　　4. か

( )② あねは しごと_____ とうきょうへ 行きました。

　　　1. を　　　　　2. に　　　　　3. で　　　　　4. と

( )③ どれ_____ あなたの かばんですか。

　　　1. は　　　　　2. の　　　　　3. を　　　　　4. が

( )④ へや_____ まどを あけて ください。

　　　1. の　　　　　2. に　　　　　3. へ　　　　　4. が

( )⑤ みち_____ わたらないで ください。

　　　1. と　　　　　2. を　　　　　3. に　　　　　4. が

( )⑥ 日本人は はし_____ ごはんを 食べます。

　　　1. に　　　　　2. と　　　　　3. へ　　　　　4. で

( )⑦ おとうさんは いま どこ_____ いますか。

　　　1. から　　　　2. で　　　　　3. に　　　　　4. へ

( )⑧ わたしは えいがかん_____ えいがを みに いきたい
です。

　　　1. へ　　　　　2. で　　　　　3. を　　　　　4. が

( )⑨ りんごは ぜんぶ_____ 5つ あります。

　　　1. は　　　　　2. と　　　　　3. に　　　　　4. で

（　）⑩ 先週は　かようびも　すいようび_____　休みでした。

     1. と　　　　　　2. や　　　　　　3. も　　　　　　4. は

（　）⑪ いもうとは　だいがくせい_____　なりました。

     1. に　　　　　　2. で　　　　　　3. の　　　　　　4. を

（　）⑫ ちちは　からいもの_____　すきです。

     1. を　　　　　　2. が　　　　　　3. の　　　　　　4. と

（　）⑬ わたしは　1年_____　1かい　日本へ　行きます。

     1. が　　　　　　2. は　　　　　　3. の　　　　　　4. に

（　）⑭ なに_____　しつもんは　ありませんか。

     1. は　　　　　　2. か　　　　　　3. の　　　　　　4. で

（　）⑮ たいわんから　日本まで　3じかん_____　かかります。

     1. しか　　　　　2. でも　　　　　3. ごろ　　　　　4. ぐらい

問題 II _____に なにを いれますか。1・2・3・4から
いちばん いい ものを ひとつ えらんで ください。

（　）① この　さかなは _____ ありません。
　　　　1. あたらしい　　　　　　　　2. あたらしく
　　　　3. あたらしいく　　　　　　　4. あたらしいでは

（　）② どんな　のみものを _____たいですか。
　　　　1. のみ　　　　2. のむ　　　　3. のめ　　　　4. のま

（　）③ こうえんの　花は　とても _____。
　　　　1. きれかった　　　　　　　　2. きれくなかった
　　　　3. きれいだった　　　　　　　4. きれくないだった

（　）④ きのうは　天気が _____。
　　　　1. いいです　　　　　　　　　2. いいでした
　　　　3. よかったです　　　　　　　4. よいでした

（　）⑤ しけんの　ときは　はなしを _____ ください。
　　　　1. しない　　　2. しなくて　　3. しないに　　4. しないで

（　）⑥ 友だちから　もらったとけいを _____ して　います。
　　　　1. たいせつ　　2. たいせつな　3. たいせつに　4. たいせつで

（　）⑦ テレビを _____ながら、ごはんを　食べます。
　　　　1. みる　　　　2. み　　　　　3. みて　　　　4. みた

（　）⑧ きのうは　7時に _____、おふろに　はいりました。
　　　　1. かえる　　　2. かえった　　3. かえって　　4. かえらない

（　）⑨ ビールは　あまり _____。
　　　　1. すきです　　　　　　　　　2. すきくないです
　　　　3. すきでした　　　　　　　　4. すきでは　ありません

（　）⑩ 友だちに ＿＿＿＿＿あとで、としょかんに　行きました。

      1. あう　　　　　　2. あって　　　　　3. あった　　　　　4. あっての

（　）⑪ けさから　おなかが ＿＿＿＿＿、なにも　食べて　いません。

      1. いたいで　　　　2. いたくて　　　　3. いたかって　　　4. いたくで

（　）⑫ すみませんが、もう　少し ＿＿＿＿＿ ください。

      1. まち　　　　　　2. まった　　　　　3. まつ　　　　　　4. まって

（　）⑬ これは　きのう ＿＿＿＿＿ほんです。

      1. かう　　　　　　2. かって　　　　　3. かった　　　　　4. かい

（　）⑭ あしたは ＿＿＿＿＿から、およぎに　行きませんか。

      1. ひま　　　　　　2. ひまな　　　　　3. ひまの　　　　　4. ひまだ

（　）⑮ あさまで ＿＿＿＿＿、べんきょうしました。

      1. ねないで　　　　2. ねなくて　　　　3. ねない　　　　　4. ねなかった

問題Ⅲ ＿＿＿に なにを いれますか。1・2・3・4から
いちばん いい ものを ひとつ えらんで ください。

（　）① きのうは ＿＿＿ あつく ありませんでした。
　　　　1. とても　　　2. たくさん　　　3. ときどき　　　4. あまり

（　）② じゅぎょうは 何時＿＿＿ はじまりますか。
　　　　1. ごろ　　　2. など　　　3. ぐらい　　　4. じゅう

（　）③ 「いけに ＿＿＿が いますか」
　　　　「さかなです」
　　　　1. だれ　　　2. どれ　　　3. どこ　　　4. なに

（　）④ 「＿＿＿ やさいを たべませんか」
　　　　「やさいは すきでは ありません」
　　　　1. どう　　　2. どうして　　　3. どれ　　　4. どんな

（　）⑤ きょうしつには つくえが 3つしか ＿＿＿。
　　　　1. います　　　2. あります　　　3. いません　　　4. ありません

（　）⑥ 「にほんには ＿＿＿ いますか」
　　　　「1かげつです」
　　　　1. いつ　　　2. どうして　　　3. どのぐらい　　　4. どんな

問題Ⅳ ____★__ に 入る ものは どれですか。1・2・3・4から いちばん いい ものを 一つ えらんで ください。

( ) ① キム「えいがが 見たいです」
田中「じゃ、あした _____ _____ __★__ _____か」
　　　1. に　　　　　2. ません　　　3. 行き　　　　4. 見

( ) ② キム「先週の どようびに どこかへ 行きましたか」
田中「いいえ、雨が ふったから、_____ _____ __★__
　　　_____ませんでした」
　　　1. へ　　　　　2. 行き　　　　3. も　　　　4. どこ

( ) ③ キム「田中さん、しゅくだいは ぜんぶ おわりましたか」
田中「いいえ、まだです。ここ_____ _____ __★__
　　　_____、さいごの もんだいが むずかしいです」
　　　1. が　　　　　　　　　　2. かんたんでした
　　　3. まで　　　　　　　　　4. は

( ) ④ 先週、_____ _____ __★__ _____。
　　　1. じしょを　2. 行きました　3. 英語の　　　4. 買いに

( ) ⑤ パーティーで、_____ _____ __★__ _____ ひきました
か。
　　　1. か　　　　　2. だれ　　　　3. を　　　　4. ギター

( ) ⑥ これは きょねん わたし _____ _____ __★__ _____
しゃしんです。
　　　1. にほん　　　2. とった　　　3. で　　　　4. が

123

# 解答

| 問題 I | | | | | |
|---|---|---|---|---|---|
| | ① 2 | ② 3 | ③ 4 | ④ 1 | ⑤ 2 |
| | ⑥ 4 | ⑦ 3 | ⑧ 1 | ⑨ 4 | ⑩ 3 |
| | ⑪ 1 | ⑫ 2 | ⑬ 4 | ⑭ 2 | ⑮ 4 |

| 問題 II | | | | | |
|---|---|---|---|---|---|
| | ① 2 | ② 1 | ③ 3 | ④ 3 | ⑤ 4 |
| | ⑥ 3 | ⑦ 2 | ⑧ 3 | ⑨ 4 | ⑩ 3 |
| | ⑪ 2 | ⑫ 4 | ⑬ 3 | ⑭ 4 | ⑮ 1 |

| 問題 III | | | | | |
|---|---|---|---|---|---|
| | ① 4 | ② 1 | ③ 4 | ④ 2 | ⑤ 4 |
| | ⑥ 3 | | | | |

| 問題 IV | | | | | |
|---|---|---|---|---|---|
| | ① 3 | ② 3 | ③ 2 | ④ 4 | ⑤ 4 |
| | ⑥ 3 | | | | |

# 中文翻譯及解析

## 問題 I

（　）① なつ休みは　あした_____ はじまります。

　　　　1. が　　　　　　2. から　　　　　3. まで　　　　　4. か

中譯　暑假從明天開始。

解説　主詞是「夏休み」（暑假），動詞是自動詞「始まります」（開始），
　　　「あした」（明天）是表示時間的名詞。故應在「あした」後加上「か
　　　ら」表示時間的起點。

（　）② あねは　しごと_____ とうきょうへ　行きました。

　　　　1. を　　　　　　2. に　　　　　　3. で　　　　　4. と

中譯　姊姊因為工作去了東京。

解説　在「姉は東京へ行きました」（姊姊去了東京）這個句子中，若要加入
　　　「仕事」，應在後加上「で」，來說明為什麼去東京，也就是表示原因理
　　　由。

（　）③ どれ_____ あなたの　かばんですか

　　　　1. は　　　　　　2. の　　　　　　3. を　　　　　4. が

中譯　哪個是你的包包呢？

解説　「どれ」（哪個）是疑問詞，後面絕對不可以加「は」。此外，此句中
　　　並無動詞，因此不需「を」的存在。「どれ」在這裡表示主詞，故應加
　　　「が」才符合句意。

（ ）④ へや＿＿＿ まどを あけて ください。

      1. の       2. に       3. へ       4. が

中譯    請打開房間的窗戶。

解說    「窓を開けてください」是「請開窗戶」的意思，在前面加上「部屋」
（房間）後，則形成「部屋＋窓」（名詞＋名詞）。因此應選「の」，表
示前名詞修飾後名詞。

（ ）⑤ みち＿＿＿ わたらないで ください。

      1. と       2. を       3. に       4. が

中譯    請勿穿越馬路。

解說    「道」是「馬路」；「渡ります」有「通過」的意思。因此「道」是「渡
ります」的通過點，所以應該選表示通過的助詞「を」。

（ ）⑥ 日本人は はし＿＿＿ ごはんを 食べます。

      1. に       2. と       3. へ       4. で

中譯    日本人用筷子吃飯。

解說    「箸」（筷子）是「ご飯を食べます」（吃飯）要用的工具，因此要加上
表示工具的助詞「で」。

（ ）⑦ おとうさんは いま どこ＿＿＿ いますか。

      1. から       2. で       3. に       4. へ

中譯    爸爸現在在哪裡呢？

解說    「います」表示人或動物的存在，因此要在表示地點的「どこ」（哪裡）
後，加上表示存在的助詞「に」。

（　　）⑧　わたしは　えいがかん＿＿＿＿　えいがを　みに　いきたいです。

　　　　　1. へ　　　　　　2. で　　　　　3. を　　　　　4. が

中譯　我想去電影院看電影。

解説　「映画を見に行きたいです」是「想去看電影」的意思，因此「映画館」
　　　（電影院）後要加上表示方向的助詞「へ」。

（　　）⑨　りんごは　ぜんぶ＿＿＿＿　5つ　あります。

　　　　　1. は　　　　　　2. と　　　　　3. に　　　　　4. で

中譯　蘋果總共有五個。

解説　「全部」（全部）可以當作表示總稱的數量詞，因此後面應該加上「で」
　　　表示範圍。

（　　）⑩　先週は　かようびも　すいようび＿＿＿＿　休みでした。

　　　　　1. と　　　　　　2. や　　　　　3. も　　　　　4. は

中譯　上星期週二和週三都放假。

解説　「AもBも〜」表示「二者都〜」。「火曜日」（星期二）後面已經出
　　　現「も」，「水曜日」（星期三）後面也要加上「も」才能表示「二者
　　　都〜」的意思。

（　　）⑪　いもうとは　だいがくせい＿＿＿＿　なりました。

　　　　　1. に　　　　　　2. で　　　　　3. の　　　　　4. を

中譯　妹妹成為大學生了。

解説　「大学生」（大學生）是名詞、「なります」（變成）是動詞，此處的
　　　「大学生」表示「なります」變化的結果，二者之間有修飾關係，因此名
　　　詞後要加上「に」來修飾動詞。

（　）⑫ ちちは　からいもの_____　すきです。

1. を　　　　　2. が　　　　　3. の　　　　　4. と

中譯　爸爸喜歡辣的東西。

解説　「好き」（喜歡）表示喜好，因此「辛い物」（辣的東西）後面要加上
　　　「が」表示喜歡的是什麼。

（　）⑬ わたしは　1年_____　1かい　日本へ　行きます。

1. が　　　　　2. は　　　　　3. の　　　　　4. に

中譯　我一年去一次日本。

解説　「1年」（一年）是時間的數量詞、「1回」（一次）是表示次數的量
　　　詞，表示時間和表示次數的數量詞在一起時，中間要加上「に」來表示頻
　　　率。

（　）⑭ なに_____　しつもんは　ありませんか。

1. は　　　　　2. か　　　　　3. の　　　　　4. で

中譯　有沒有什麼問題呢？

解説　「なに」（什麼）是疑問詞，「疑問詞＋か」表示說話者發問時的不確
　　　定。此處指的是不確定對方是否有問題。

（　）⑮ たいわんから　日本まで　3じかん_____　かかります。

1. しか　　　　2. でも　　　　3. ごろ　　　　4. ぐらい

中譯　從台灣到日本要花三個小時左右。

解説　「3時間」（三小時）是時間的數量，後面要加上「ぐらい」表示大約的
　　　量，因此「3時間ぐらい」是「三小時左右」的意思。而「3時」（三
　　　點）才是表示時間，「3時ごろ」是「三點左右」的意思。二者很容易混
　　　淆，一定要看清楚題目。

## 問題 II

（　）① この　さかなは　＿＿＿＿＿　ありません。

     1. あたらしい　　　　　　　　2. あたらしく

     3. あたらしいく　　　　　　　4. あたらしいでは

中譯　這條魚不新鮮。

解說　「新（あたら）しい」（新的、新鮮的）是「イ形容詞」，「イ形容詞」的敬體現在式否定形除了「～くないです」以外，還可用「～くありません」來表示。此外，1、3、4均與「イ形容詞」相關變化不符，都不可能是正確答案。

（　）② どんな　のみものを　＿＿＿＿＿たいですか。

     1. のみ　　　　2. のむ　　　　3. のめ　　　　4. のま

中譯　想喝什麼飲料呢？

解說　「～たい」是「想～」的意思、表示願望，前面一定要加動詞「ます形」。因此要選1。

（　）③ こうえんの　花（はな）は　とても　＿＿＿＿＿。

     1. きれかった　　　　　　　　2. きれくなかった

     3. きれいだった　　　　　　　4. きれくないだった

中譯　公園的花非常漂亮。

解說　「きれい」為「ナ形容詞」，相關語尾為「だ」、「ではない」、「だった」、「ではなかった」。此處應選3「きれいだった」，表示過去式肯定。

（　）④ きのうは 天気が ＿＿＿＿。

    1. いいです                2. いいでした

    3. よかったです           4. よいでした

中譯　昨天天氣很好。

解説　「きのう」是「昨天」，所以句子應以過去式結束，故1非正確答案。而「イ形容詞」語尾不可能以「でした」結束，所以2、4亦不考慮。此外「いい」雖然是「イ形容詞」，相關語尾變化要以「よい」來進行。因此答案為3。

（　）⑤ しけんの ときは はなしを ＿＿＿＿ ください。

    1. しない     2. しなくて     3. しないに     4. しないで

中譯　考試的時候請不要說話。

解説　「～てください」（請～）的否定句型為「～ないでください」（請不要～）。因此4才是正確答案。

（　）⑥ 友だちから もらったとけいを ＿＿＿＿ して います。

    1. たいせつ     2. たいせつな     3. たいせつに     4. たいせつで

中譯　我很珍惜從朋友那得到的手錶。

解説　「大切」是「ナ形容詞」，當後面出現動詞時，應加上「に」來連接。故答案為3。

（　）⑦ テレビを ＿＿＿＿ながら、ごはんを 食べます。

    1. みる     2. み     3. みて     4. みた

中譯　一邊看電視，一邊吃飯。

解説　只要出現「ながら」，前面一定要接「ます形」。四個選項中，1「みる」是「辭書形」、2「み」是「ます形」、3「みて」是「て形」、4「みた」是「た形」，故答案為2。這是每年必考的題目，請好好把握。

（　）⑧　きのうは　７時に　_____、おふろに　はいりました。

1. かえる　　　　2. かえった　　　3. かえって　　　4. かえらない

中譯　昨天七點回家，然後洗澡。

解說　從題目「きのうは７時に_____、おふろに入りました」可知，昨天七點
　　　做了某件事，然後洗了澡。選項是動詞「帰る」（回家）的相關變化，因
　　　此應該是用「て形」表示動作的先後順序。故答案為3。

（　）⑨　ビールは　あまり　_____。

1. すきです　　　　　　　　　2. すきくないです

3. すきでした　　　　　　　　4. すきでは　ありません

中譯　我不太喜歡啤酒。

解說　「あまり～ない」表示「不太～」，而選項中的「好き」（喜歡）是「ナ
　　　形容詞」，「ナ形容詞」的否定要在語尾加上「ではありません」，所以
　　　要選4。

（　）⑩　友だちに　_____あとで、としょかんに　行きました。

1. あう　　　　2. あって　　　3. あった　　　4. あっての

中譯　和朋友見面之後，去了圖書館。

解說　「～後で」表示「～之後」，前面要接動詞「た形」，因此答案為3。

（　）⑪　けさから　おなかが　_____、なにも　食べて　いません。

1. いたいで　　　2. いたくて　　　3. いたかって　　　4. いたくで

中譯　今天早上開始肚子就很痛，什麼都沒吃。

解說　「痛い」（疼痛的）是「イ形容詞」，此處要使用「て形」表示原因理由。
　　　而「イ形容詞」的「て形」變化方式是「去い加くて」，因此答案應選3。

131

（　）⑫ すみませんが、もう　少し＿＿＿＿＿＿　ください。

　　　　　1. まち　　　　　　2. まった　　　　　3. まつ　　　　　　4. まって

中譯　不好意思，請再等一下。

解說　動詞要變成「て形」之後加上「ください」，才能成為「～てください」

　　　（請～）這個句型。本句考的是動詞「待ちます」（等待）的變化，1

　　　「まち」是「ます形」、2「まった」是「た形」、3「まつ」是「辭書

　　　形」、4「まって」是「て形」，因此答案為4。

（　）⑬ これは　きのう　＿＿＿＿＿＿ほんです。

　　　　　1. かう　　　　　　2. かって　　　　　3. かった　　　　　4. かい

中譯　這是昨天買的書。

解說　「本」（書）是名詞，名詞前面如果是動詞，該動詞必須是常體。選項1

　　　「買う」、3「買った」都是常體，不過書已經在昨天買了，因此要用過

　　　去式，所以應選3。

（　）⑭ あしたは　＿＿＿＿＿＿から、およぎに　行きませんか。

　　　　　1. ひま　　　　　　2. ひまな　　　　　3. ひまの　　　　　4. ひまだ

中譯　明天有空，要不要去游泳呢？

解說　表示原因理由的句型為「句子＋から」。「暇」（空閒）是「ナ形容

　　　詞」，「ナ形容詞」要加上「だ」才是完整的句子。因此答案應選4。

（　）⑮ あさまで　＿＿＿＿＿＿、べんきょうしました。

　　　　　1. ねないで　　　　2. ねなくて　　　　3. ねない　　　　　4. ねなかった

中譯　到早上都沒睡，一直在讀書。

解說　「ない形」的「て形」有二種，一個是「～ないで」；另一個是「～なく

　　　て」。「～なくて」表示原因理由；而「～ないで」表示先後順序。本句

　　　中「睡覺」和「讀書」的關係是先後順序，所以答案應選1。

## 問題III

（　）① きのうは ＿＿＿＿ あつく ありませんでした。

       1. とても　　　　2. たくさん　　　3. ときどき　　　<u>4. あまり</u>

中譯　昨天不太熱。

解說　「とても」表示程度很高，後面原則上不接否定。「たくさん」表示「很多」，「ときどき」則是表示頻率，有「偶爾、有時候」的意思。而「あまり～ません」則是表示「不太～」，此處只有4符合句意。

（　）② じゅぎょうは 何時<sub>なんじ</sub>＿＿＿＿ はじまりますか。

       <u>1. ごろ</u>　　　　2. など　　　　　3. ぐらい　　　　4. じゅう

中譯　課程幾點左右開始呢？

解說　「何時<sub>なんじ</sub>」（幾點）是用來問時間的，所以後面要接「ごろ」（左右）表示「幾點左右」。

（　）③ 「いけに ＿＿＿＿が いますか」

      「さかなです」

       1. だれ　　　　2. どれ　　　　　3. どこ　　　　　<u>4. なに</u>

中譯　「池子裡有什麼呢？」
     「有魚。」

解說　「魚<sub>さかな</sub>」（魚）是動物，所以疑問詞要用「何<sub>なに</sub>」（什麼）。

（　）④ 「＿＿＿＿ やさいを たべませんか」

      「やさいは すきでは ありません」

       1. どう　　　　<u>2. どうして</u>　　　3. どれ　　　　　4. どんな

中譯　「為什麼不吃蔬菜呢？」
     「我不喜歡蔬菜。」

解說　問原因，所以要選「どうして」（為什麼）。

（　）⑤ きょうしつには　つくえが　3<sup>みっ</sup>つしか　＿＿＿＿。

1. います　　　　　2. あります　　　　3. いません　　　**4. ありません**

中譯　教室裡只有三張桌子。

解說　「机<sup>つくえ</sup>」（桌子）不是生物，不可用「います」。且句中出現「しか」，句
　　　子一定要以否定結束，所以應該選4。

（　）⑥ 「にほんには　＿＿＿＿　いますか」

「1<sup>いっ</sup>かげつです」

1. いつ　　　　　　2. どうして　　　**3. どのぐらい**　　4. どんな

中譯　「要待在日本多久呢？」
　　　「一個月。」

解說　「1<sup>いっ</sup>かげつ」（一個月）是表示時間的量詞，因此可得知問句是問時間多
　　　久，因此要選3「どのぐらい」（多久）。

問題IV

（　）① キム「えいがが　見たいです」

田中「じゃ、あした　＿＿＿＿　＿＿＿＿　★　＿＿＿＿か」

　　　　1. に　　　　　　2. ません　　　　3. 行き　　　　4. 見

重組　田中「じゃ、あした　見　に　行き　ません か」（4→1→3→2）

中譯　金「我想看電影。」

　　　田中「那麼，要不要明天去看呢？」

解說　本題運用了「邀約」和「目的」二個句型。否定疑問句「〜ませんか」表示「邀約」，所以最後一格應為「ません」；「動詞ます形＋に＋行きます」表示目的，因此「見」後面要加「に」，然後再接「行き」。正確答案為選項3。

（　）② キム「先週の　どようびに　どこかへ　行きましたか」

田中「いいえ、雨が　ふったから、＿＿＿＿　＿＿＿＿　★　＿＿＿＿

ませんでした」

　　　　1. へ　　　　　2. 行き　　　　　3. も　　　　　4. どこ

重組　田中「いいえ、雨が　ふったから、どこ　へ　も　行きませんでした」

　　　（4→1→3→2）

中譯　金「上個星期六，有沒有去哪裡呢？」

　　　田中「沒有，因為下雨，所以哪裡都沒去。」

解說　本題主要測驗表示全面否定的「疑問詞＋も〜ません」。首先，先把動詞ます形的「行き」放在最後一格，才能讓整個句子的動詞變得完整。接下來找出疑問詞「どこ」（哪裡），這個句型中疑問詞要接「も」，但表示方向的「へ」又應緊連著地點「どこ」。故「どこ」後面要先加上「へ」才能接「も」。正確答案為3。

（　）③ キム「田中さん、しゅくだいは　ぜんぶ　おわりましたか」

田中「いいえ、まだです。ここ ＿＿＿ ＿＿＿ ★ ＿＿＿、

さいごの　もんだいが　むずかしいです」

　　　　1. が　　　　　　　　　　　　　　2. かんたんでした

　　　　3. まで　　　　　　　　　　　　　4. は

重組　田中「いいえ、まだです。ここ　まで　は　かんたんでした　が、

さいごの　もんだいが　むずかしいです」（3→4→2→1）

中譯　金「田中同學，作業全部完成了嗎？」

田中「不，還沒。到這裡為止很簡單，但是最後的題目很難。」

解說　本題測驗逆態接續助詞「が」以及主題化的「は」。「ここ」（這裡）是
地點名詞，後面應優先考慮表示終點的助詞「まで」。本句非動詞句，所
以「は」不是用來表示動作者，而是表示主題化，因此加上「まで」之後
合理。「かんたんでした」裡出現了「～でした」，句子在此告一個段
落，所以適合加上接續助詞「が」。故正確答案為2。

（　）④ 先週、＿＿＿ ＿＿＿ ★ ＿＿＿。

　　　1. じしょを　　　2. 行きました　　3. 英語の　　　4. 買いに

重組　先週、英語の　じしょを　買いに　行きました。（3→1→4→2）

中譯　上個星期去買了英文字典。

解說　本題測驗句子的基本連接規則。「行きました」的「～ました」表示必定
出現在句尾，所以要放在最後一格。「英語の」的「の」表示後面一定是
名詞，所以只能加上「じしょを」。「じしょを」的「を」表示後面一定
要有他動詞，所以要加上「買いに」。故正確答案為2。

（　）⑤ パーティーで、＿＿＿＿　＿＿＿＿　★　＿＿＿＿　ひきましたか。

      1. か　　　　　　2. だれ　　　　　3. を　　　　　　4. ギター

重組　パーティーで、<u>だれ</u>　<u>か</u>　<u>ギター</u>　<u>を</u>　ひきましたか。（2→1→4→3）

中譯　有人在宴會上彈吉他嗎？

解說　本題主要測驗表示不確定的助詞「か」。「だれ」是疑問詞，疑問詞後如
　　　果加上「か」，表示說話者的不確定，也就是表示說話者不知道「有沒
　　　有？」、「會不會？」或是「要不要？」。「ギター」是「ひきました」
　　　的受詞，所以後面要加上表示受詞的助詞「を」。故正確答案為4。

（　）⑥ これは　きょねん　わたし　＿＿＿＿　＿＿＿＿　★　＿＿＿＿
　　　しゃしんです。

      1. にほん　　　　2. とった　　　　3. で　　　　　　4. が

重組　これは　きょねん　わたし　<u>が</u>　<u>にほん</u>　<u>で</u>　<u>とった</u>　しゃしんです。
　　　（4→1→3→2）

中譯　這是去年我在日本拍的照片。

解說　本題測驗助詞的使用方式。「わたし」是「とった」這個動作的行為者，
　　　所以要加上表示主詞「が」。「にほん」是「とった」這個動詞的發生
　　　地，所以要加上表示地點的「で」。「とった」屬於動詞常體，放在最後
　　　一格接名詞「しゃしん」最適當。故正確答案為3。

# メ モ

# 讀　解

# 讀解準備要領

　　由於新日檢的測驗目的在於希望考生能將日文實際應用於生活之中，不光只是囫圇吞棗地死背知識，因此，新日檢N5的閱讀測驗多以日常生活為題材。考題共分三大題，第一大題為短篇，每題各約八十字；第二大題為中篇，每題各約二百五十字；第三大題為資訊檢索，大多會配合圖表出題，測驗考生是否能完全理解內容。建議考生可先閱讀文章下方的題目，將答案選項迅速瀏覽一遍再看文章，可較快掌握方向作答。

# 文章閱讀解析

## 一　本文

　わたしは　まいあさ　6時ごろ　おきて、あさごはんを　食べないで、会社へ　行きます。あさごはんは　会社の　ちかくの　きっさ店で食べます。おいしいし、安いですから。わたしの　会社は　じどうしゃの　会社で、名古屋に　あります。うちから　会社まで　1時間ぐらいかかります。まいあさ　駅まで　じてんしゃで　行って、そこで　電車に　のりかえて、名古屋まで　行きます。しごとは　8時から　4時までです。土よう日と　日よう日は　休みです。土よう日の　よるは　まいしゅう　友だちと　しょくじに　行きます。でも、今週は　ざんぎょうで　土よう日も　しゅっきんで　つかれましたから、しごとが　おわってから、すぐ　うちへ　かえりました。

---

### 質問：

Q1. 「わたし」は　まいあさ　うちで　あさごはんを　食べてから、　会社へ　行きますか。

A：

Q2. 「わたし」は　何で　駅まで　行きますか。

A：

Q3. 「わたし」は　まいしゅう　何よう日に　友だちと　しょくじに　行きますか。

A：

# 二　解析

わたしは　まいあさ　6時ごろ　おきて、あさごはんを　食べないで、会社へ　行きます。あさごはんは　会社の　ちかくの　きっさ店で　食べます。おいしいし、安いですから。わたしの　会社は　じどうしゃの　会社で、名古屋に　あります。うちから　会社まで　1時間ぐらい　かかります。まいあさ　駅まで　じてんしゃで　行って、そこで　電車に　のりかえて、名古屋まで　行きます。しごとは　8時から　4時までです。土よう日と　日よう日は　休みです。土よう日の　よるは　まいしゅう　友だちと　しょくじに　行きます。でも、今週は　ざんぎょうで　土よう日も　しゅっきんで　つかれましたから、しごとが　おわってから、すぐ　うちへ　かえりました。

中譯

我每天早上六點左右起床，不吃早飯就去公司。早飯在公司附近的咖啡廳吃。因為又好吃又便宜。我的公司是汽車公司，位於名古屋。從我家到公司要花一個小時左右。每天早上騎腳踏車到車站，在那裡轉搭電車到名古屋。工作從八點到四點。星期六和星期天放假。星期六的晚上，每個星期總會和朋友一起去吃飯。但是這個星期因為加班，星期六也上班，很累，所以工作結束後就立刻回家了。

單字

のりかえる：轉乘　　　　　　ざんぎょう：加班
しゅっきん：上班

句型

「～ないで」：表順序，「不～就～」。

「～し～」：表原因、理由的並列，「因為～，又因為～」。

「～てから」：表順序，「～之後」。

---

## 質問：

Q1. 「わたし」は　まいあさ　うちで　あさごはんを　食べてから、
会社へ　行きますか。

「我」每天早上在家裡吃完早飯才去上班嗎？

A： いいえ、会社の　ちかくの　きっさ店で　食べます。

不，在公司附近的咖啡廳吃。

Q2. 「わたし」は　何で　駅まで　行きますか。

「我」都怎麼去車站呢？

A： じてんしゃで　行きます。

騎腳踏車去。

Q3. 「わたし」は　まいしゅう　何よう日に　友だちと　しょくじに
行きますか。

「我」每個星期的星期幾和朋友去吃飯呢？

A： 土よう日に　行きます。

星期六去。

# 實力測驗

問題 I

> お知らせ
>
> 　　　金よう日の　午後　プールへ　行きます。
> 行きたい人は　前の　日に　木村君に　言って　ください。

**問1　何よう日に　木村君に　言いますか。**

　1. 水よう日に　言います。

　2. 木よう日に　言います。

　3. 金よう日に　言います。

　4. 土よう日に　言います。

問題Ⅱ

---

山田さんへ

　先週は　どうも　ありがとう。借りたじしょは　電話の　ところ
に　おきました。それから　きのう　買ったおかしも　おきまし
た。どうぞ　食べて　ください。

11月10日　ミエより

---

問2　ミエさんは　11月10日に　何を　しましたか。

1. じしょを　かえしました。

2. じしょを　かりました。

3. おかしを　かいました。

4. 電話を　しました。

145

問題Ⅲ

　　わたしは　ことしの　3月に　日本へ　来ました。今、おおさか
の　アパートに　すんで　います。へやは　せまいですが、駅から
ちかいから　べんりです。もっと　ひろい　へやに　すみたいです。で
も、せまい　へやは　やすいです。

問3　ただしい　ものは　どれですか。

　　　1. わたしの　へやは　駅から　ちかいですが、たかいです。

　　　2. わたしの　へやは　駅から　とおいですが、やすいです。

　　　3. わたしの　へやは　やすいですが、せまいです。

　　　4. わたしの　へやは　やすいですが、べんりじゃありません。

## 問題Ⅳ

アパートの　みなさんへ

　こんしゅうの　木よう日の　午前10時から　午後4時まで　でんきが　とまりますから、エレベーターを　つかわないで　ください。かいだんを　つかって　ください。

**問4　こんしゅうの　木よう日、アパートの　人は　そとに　出るとき、どうしますか。**

　1. 午前9時に　そとに　出る人は　かいだんを　つかいます。

　2. 午前11時に　そとに　出る人は　エレベーターを　つかいます。

　3. 午後3時に　そとに　出る人は　かいだんを　つかいます。

　4. 午後5時に　そとに　出る人は　エレベーターを　つかいません。

147

問題 Ⅴ

　　おげんきですか。ソウルは　まだ　さむいでしょう。台北は　少し
あたたかく　なりました。もう　はるです。でも、あさは　まだ　さむ
いですから、学校へ　行く時は　コートが　いります。もうすぐ　しけ
んが　あって、べんきょうが　いそがしいですから、いえへ　かえって
から、すきな　ドラマを　見ることが　できません。すきな　まんがも
読むことが　できません。キムさんも　おいそがしいですか。しけんが
おわってから、シャンハイへ　あそびに　行きたいです。大阪の　きむ
らさんも　いっしょです。キムさんも　いっしょに　行きませんか。て
がみを　ください。

　　では、さようなら。

**問5　この　人は　何を　して　いますか。**

　　1. かいしゃいんを　して　います。

　　2. ぎんこういんを　して　います。

　　3. せんせいを　して　います。

　　4. がくせいを　して　います。

**問6　この　人は　どこに　すんで　いますか。**

　　1. 台北

　　2. ソウル

　　3. シャンハイ

　　4. 大阪

問題 VI

　　わたしの　かぞくは　父と　母と　あねです。父は　コンピューターの　会社で　はたらいて　います。しごとが　いそがしいですから、毎日　よる　おそく　いえに　かえって　きます。あねは　いま　とうきょうの　大学で　べんきょうして　います。わたしは　高校で　べんきょうして　います。あねは　いつも　とうきょうは　おもしろいと　言いますから、わたしも　とうきょうへ　べんきょうに　行きたいです。

　　ときどき　母の　いもうとが　あそびに　来ます。いつも　おいしいケーキを　買って　きて　くれます。きれいで　やさしいですから、かのじょが　大すきです。

**問7　この　人は　今　何人で　すんで　いますか。**

　　　1. 2人

　　　2. 3人

　　　3. 4人

　　　4. 5人

**問8　ときどき　だれが　あそびに　きますか。**

　　　1. おばさん

　　　2. おじさん

　　　3. おばあさん

　　　4. おじいさん

問題VII

　　あした　河口湖へ　行きます。東京駅から　三島駅まで　電車で
行って、三島駅から　河口湖まで　バスで　行きます。

　　河口湖に　午後1時ごろ　着きたいです。そして、電車は　速い　ほ
うが　いいです。

電車の　時間

| 電車 | 東京駅 | → | 三島駅 |
|------|--------|---|--------|
| ベータ2 | 08：30 | | 10：40 |
| アルファ2 | 08：50 | | 10：00 |
| ベータ4 | 09：10 | | 11：20 |
| アルファ4 | 09：30 | | 10：40 |

（お金）アルファ：4000円

ベータ：2000円

```
                    バスの　時間


              三島駅 → 河口湖
               10:00    12:00
               10:30    12:30
               11:00    13:00
               11:30    13:30


              （お金）2000円
```

**問9　電車は　どれに　乗りますか。**

1. アルファ2

2. ベータ2

3. アルファ4

4. ベータ4

問題VIII

　　ゆりこさんは　日よう日に　あすかさんと　食事を　します。久しぶりですから、食べながら　ゆっくり　話したいです。

　　ゆりこさんの　日よう日の　スケジュール

| 10：00 | 起きます。 |
|---|---|
| 10：30〜12：00 | 泳ぎます。 |
| 12：20〜13：00 | 昼ごはんを　食べます。 |
| 13：30〜14：00 | 昼ねします。 |
| 14：30〜16：30 | 買い物します。 |

　　あすかさんの　日よう日の　スケジュール

| 07：00 | 起きます。 |
|---|---|
| 08：00〜12：00 | アルバイトします。 |
| 12：00〜12：30 | 昼ごはんを　食べます。 |
| 13：00〜16：00 | 英語を　勉強します。 |
| 18：30〜21：00 | 映画を　見ます。 |

**問10　ゆりこさんは　いつ　あすかさんと　食事を　しますか。**

　　1. 12時です。

　　2. 12時30分です。

　　3. 午後4時です。

　　4. 午後5時です。

# 解答

| | | |
|---|---|---|
| 問題 I | 問1 | 2 |
| 問題 II | 問2 | 1 |
| 問題 III | 問3 | 3 |
| 問題 IV | 問4 | 3 |
| 問題 V | 問5 4 | 問6 1 |
| 問題 VI | 問7 2 | 問8 1 |
| 問題 VII | 問9 | 3 |
| 問題 VIII | 問10 | 4 |

第一單元 言語知識（文字・語彙）
單字整理 實力測驗 解答解析

第二單元 言語知識（文法）
文法分析 實力測驗 解答解析

第三單元 讀解
閱讀解析 實力測驗 解答解析

第四單元 聽解
題型整理 實力測驗 解答解析

# 中文翻譯及解析

問題1

---

お知(し)らせ
　　金(きん)よう日の　午後(ごご)　プールへ　行(い)きます。
行(い)きたい人(ひと)は　前(まえ)の　日(ひ)に　木村君(きむらくん)に　言(い)って　ください。

---

中譯

---

　　　　通知
　　　　星期五下午要去游泳池。
　　想去的人請在前一天告訴木村同學。

---

單字　プール：游泳池

問1　何(なん)よう日(び)に　木村君(きむらくん)に　言(い)いますか。

要星期幾跟木村同學說呢？

　1. 水(すい)よう日(び)に　言(い)います。

　　星期三說。

　2. 木(もく)よう日(び)に　言(い)います。

　　星期四說。

　3. 金(きん)よう日(び)に　言(い)います。

　　星期五說。

　4. 土(ど)よう日(び)に　言(い)います。

　　星期六說。

$\boxed{問題 II}$

---

山田さんへ

　先週は　どうも　ありがとう。借りたじしょは　電話の　ところに
おきました。それから　きのう　買ったおかしも　おきました。どうぞ
食べて　ください。

　　　　　　　　　　　　　　　　　　　　　　１１月10日　ミエより

---

中譯

---

給山田先生

　　上個星期非常謝謝。向你借的字典放在電話旁了。然後也放了昨
天買的糕點。請享用。

　　　　　　　　　　　　　　　　　　　　　十一月十日　美惠

---

單字　ところ：地方、～旁邊

問2　ミエさんは　１１月10日に　何を　しましたか。

　美惠小姐十一月十日做了什麼呢？

1. じしょを　かえしました。

　　還了字典。

2. じしょを　かりました。

　　借了字典。

3. おかしを　かいました。

　　買了糕點。

4. 電話を　しました。

　　打了電話。

155

問題III

> わたしは　ことしの　3月に　日本へ　来ました。今、おおさかの　ア
> パートに　すんで　います。へやは　せまいですが、駅から　ちかいから
> べんりです。もっと　ひろい　へやに　すみたいです。でも、せまい
> へやは　やすいです。

中譯　我今年三月來到日本。現在住在大阪的公寓。房間雖然很小，但是因為
　　　離車站很近，所以很方便。我想住更大一點的房間。不過，小房間比較
　　　便宜。

單字　もっと：更

問3　ただしい　ものは　どれですか。
　　　正確的是哪一個呢？

　　1. わたしの　へやは　駅から　ちかいですが、たかいです。
　　　　我的房間離車站很近，但是很貴。

　　2. わたしの　へやは　駅から　とおいですが、やすいです。
　　　　我的房間離車站很遠，但是很便宜。

　　3. わたしの　へやは　やすいですが、せまいです。
　　　　我的房間很便宜，但是很小。

　　4. わたしの　へやは　やすいですが、べんりじゃありません。
　　　　我的房間很便宜，但不是很方便。

## 問題IV

> アパートの　みなさんへ
>
> 　こんしゅうの　木よう日の　午前10時から　午後4時まで　でんきが
> とまりますから、エレベーターを　つかわないで　ください。かいだんを
> つかって　ください。

中譯

> 給公寓的各位
> 　　這個星期四從上午十點到下午四點為止要停電，所以請不要使用
> 電梯。請使用樓梯。

單字　エレベーター：電梯　　　　　かいだん：樓梯

問4　こんしゅうの　木よう日、アパートの　人は　そとに　出るとき、どう
　　しますか。

這個星期四，公寓的人要外出時，要怎麼做呢？

1. 午前9時に　そとに　出る人は　かいだんを　つかいます。

　上午九點外出的人會使用樓梯。

2. 午前11時に　そとに　出る人は　エレベーターを　つかいます。

　上午十一點要外出的人會使用電梯。

3. 午後3時に　そとに　出る人は　かいだんを　つかいます。

　下午三點要外出的人會使用樓梯。

4. 午後5時に　そとに　出る人は　エレベーターを　つかいません。

　下午五點要外出的人不使用電梯。

157

問題 V

おげんきですか。ソウルは　まだ　さむいでしょう。台北（タイペイ）は　少し（すこ）

あたたかく　なりました。もう　はるです。でも、あさは　まだ　さむい

ですから、学校（がっこう）へ　行く時（いとき）は　コートが　いります。もうすぐ　しけんが

あって、べんきょうが　いそがしいですから、いえへ　かえってから、す

きな　ドラマを　見る（み）ことが　できません。すきな　まんがも　読む（よ）こ

とが　できません。キムさんも　おいそがしいですか。しけんが　おわっ

てから、シャンハイへ　あそびに　行き（いき）たいです。大阪（おおさか）の　きむらさんも

いっしょです。キムさんも　いっしょに　行き（いき）ませんか。てがみを　くだ

さい。

では、さようなら。

中譯　你好嗎？首爾還很冷吧！台北稍微變得暖和了。已經是春天了。但是，早
上還是很冷，所以上學的時候需要外套。馬上有考試，忙著讀書，所以回
家之後沒辦法看喜歡的連續劇。也沒辦法看喜歡的漫畫。金先生也很忙碌
嗎？考試結束後，我想去上海玩。大阪的木村先生也要一起去。金先生要
不要一起去呢？請回信。
那麼，再見。

單字　ソウル：首爾（韓國城市名）　　　　　いります：需要

　　　ドラマ：連續劇　　　　　　　　　　まんが：漫畫

　　　シャンハイ：上海（中國城市名）

句型　「～でしょう」：表推測，常翻譯為「～吧」。

　　　「句子＋から」：接續助詞，表因果關係，常翻譯為「因為～所以～」。

　　　「辭書形＋ことができます」：表能力，常翻譯為「可以～」。

　　　「ます形＋たい」：表第一人稱的願望，常翻譯為「我想～」。

　　　「ます形＋ませんか」：表邀約，常翻譯為「要不要～」。


問5　この　人は　何を　して　いますか。

　　這個人在做什麼呢？

1. かいしゃいんを　して　います。

　　是上班族。

2. ぎんこういんを　して　います。

　　是銀行行員。

3. せんせいを　して　います。

　　是老師。

4. がくせいを　して　います。

　　是學生。

問6　この　人は　どこに　すんで　いますか。

這個人住在哪裡呢？

1. 台北
   タイペイ

   台北

2. ソウル

   首爾

3. シャンハイ

   上海

4. 大阪
   おおさか

   大阪

# 問題VI

わたしの　かぞくは　父と　母と　あねです。父は　コンピューターの
会社で　はたらいて　います。しごとが　いそがしいですから、毎日　よ
る　おそく　いえに　かえって　きます。あねは　いま　とうきょうの
大学で　べんきょうして　います。わたしは　高校で　べんきょうして
います。あねは　いつも　とうきょうは　おもしろいと　言いますから、
わたしも　とうきょうへ　べんきょうに　行きたいです。
　ときどき　母の　いもうとが　あそびに　来ます。いつも　おいしい
ケーキを　買って　きて　くれます。きれいで　やさしいですから、かの
じょが　大すきです。

中譯　我的家人有爸爸、媽媽和姊姊。爸爸在電腦公司上班。工作很忙碌，所以
每天晚上都很晚才回家來。姊姊現在在東京的大學讀書。我在讀高中。因
為姊姊總是告訴我東京很有趣，所以我也想去東京讀書。
媽媽的妹妹有時候會來玩。總是會買好吃的蛋糕來。因為她很漂亮又很溫
柔，所以我最喜歡她了。

單字　かのじょ：她

句型　「～と言います」：表引用，常翻譯為「（他／她）說～」。
　　　「～に行きます／～に来ます」：表目的，常翻譯為「去～／來～」。
　　　「～てくれます」：補助動詞，表示說話者的感謝之意，常翻譯為「為
　　　　　我～」。

161

問7　この 人は 今 何人で すんで いますか。

這個人現在幾個人一起住呢？

1. 2人

二個人

2. 3人

三個人

3. 4人

四個人

4. 5人

五個人

問8　だれが ときどき あそびに きますか。

有時候誰會來玩呢？

1. おばさん

阿姨

2. おじさん

叔叔

3. おばあさん

奶奶

4. おじいさん

爺爺

問題Ⅶ

あした　河口湖へ　行きます。東京駅から　三島駅まで　電車で

行って、三島駅から　河口湖まで　バスで　行きます。

河口湖に　午後1時<u>ごろ</u>　着きたいです。<u>そして</u>、電車は　速い　<u>ほ</u>

<u>うが　いい</u>です。

---

### 電車の　時間

| 電車 | 東京駅 → | 三島駅 |
|------|---------|--------|
| ベータ2 | 08:30 | 10:40 |
| アルファ2 | 08:50 | 10:00 |
| ベータ4 | 09:10 | 11:20 |
| アルファ4 | 09:30 | 10:40 |

（お金）アルファ：4000円

ベータ：2000円

---

### バスの　時間

三島駅 → 河口湖

| | |
|------|------|
| 10:00 | 12:00 |
| 10:30 | 12:30 |
| 11:00 | 13:00 |
| 11:30 | 13:30 |

（お金）2000円

---

163

中譯　明天要去河口湖。從東京站搭電車到三島站，然後從三島站搭巴士
　　　到河口湖。

　　　想在下午一點左右抵達河口湖。然後，電車快一點的比較好。

---

電車時間

| 電車 | 東京站 → | 三島站 |
|------|----------|--------|
| 貝塔2 | 08：30 | 10：40 |
| 愛爾發2 | 08：50 | 10：00 |
| 貝塔4 | 09：10 | 11：20 |
| 愛爾發4 | 09：30 | 10：40 |

（費用）愛爾發：4000日圓

貝塔：2000日圓

---

巴士時間

| 三島站 → | 河口湖 |
|----------|--------|
| 10：00 | 12：00 |
| 10：30 | 12：30 |
| 11：00 | 13：00 |
| 11：30 | 13：30 |

（費用）2000日圓

句型　「～ごろ」：接在「時間」後面，表示大致的時間，常翻譯為「～左右」。

　　　「そして」：接續詞，表示「並列」，或是「順序」，常翻譯為「然後」。

　　　「～ほうがいい」：表示「比較」的句型，常翻譯為「～比較好」。


問9　電車は　どれに　乗りますか。

電車要搭哪一班呢？

1. アルファ2

愛爾發2

2. ベータ2

貝塔2

3. アルファ4

愛爾發4

4. ベータ4

貝塔4

問題Ⅷ

ゆりこさんは　日よう日に　あすかさんと　食事を　します。久しぶりですから、食べながら　ゆっくり　話したいです。

ゆりこさんの　日よう日の　スケジュール

| 10：00 | 起きます。 |
| 10：30～12：00 | 泳ぎます。 |
| 12：20～13：00 | 昼ごはんを　食べます。 |
| 13：30～14：00 | 昼ねします。 |
| 14：30～16：30 | 買い物します。 |

あすかさんの　日よう日の　スケジュール

| 07：00 | 起きます。 |
| 08：00～12：00 | アルバイトします。 |
| 12：00～12：30 | 昼ごはんを　食べます。 |
| 13：00～16：00 | 英語を　勉強します。 |
| 18：30～21：00 | 映画を　見ます。 |

中譯　百合子小姐星期天要和明日香小姐吃飯。因為很久沒見面，所以想
　　　邊吃邊好好地聊。


百合子小姐的星期天行程

| 10：00 | 起床。 |
|---|---|
| 10：30～12：00 | 游泳。 |
| 12：20～13：00 | 吃午飯。 |
| 13：30～14：00 | 午睡。 |
| 14：30～16：30 | 買東西。 |


明日香小姐的星期天行程

| 07：00 | 起床。 |
|---|---|
| 08：00～12：00 | 打工。 |
| 12：00～12：30 | 吃午飯。 |
| 13：00～16：00 | 學英文。 |
| 18：30～21：00 | 看電影。 |


單字　久しぶり：久違　　　　　　ゆっくり：慢慢地

　　　スケジュール：行程

問10　ゆりこさんは　いつ　あすかさんと　食事を　しますか。

百合子小姐什麼時候要和明日香小姐吃飯呢？

1. 12時です。

十二點。

2. 12時30分です。

十二點三十分。

3. 午後4時です。

下午四點。

4. 午後5時です。

下午五點。

# 第四單元

## 聽　　解

# 聽解準備要領

一般考生認為聽力測驗無從準備起。但其實能力測驗的考題有一定的規則，若能了解出題方向及測驗目的，還是有脈絡可循。本單元編寫時，參考了坊間日語教材以及歷年考題，若讀者可以熟記書中單字、題型，並依以下應試策略作答，聽力必定可以在短時間內提升，測驗也可得高分。

## 1. 專心聆聽每一題的提問

讀者們可能覺得這是囉嗦的叮嚀。但事實上許多考生應試時，常常下一題已經開始了，腦子還在想著上一題，往往就錯過了下一題的題目。而且若能一開始就聽懂問題，接下來就可以從對話中找答案了。所以請務必在下一題播出前，停止一切動作，專心聆聽。

## 2. 盡可能不做筆記

這樣的建議，讀者可能會覺得有疑慮。但是能力測驗的聽力考試目的，是測驗考生能否了解整個對話內容，而非只是聽懂幾個單字。因此記下來的詞彙往往跟答案沒有直接的關係，而且記筆記會讓你分心，而讓你錯過關鍵字。所以若能做到「專心聆聽每一題的提問」，接下來只需要從對話中找答案。

# 必考單字及題型分析

## 一　單字 MP3-54

正式開始準備聽力前，請先確認以下單字是否已熟記。日期、星期以及時間為必考題，請務必背得滾瓜爛熟。此外，形容詞、方位詞、疑問詞則是敘述考題時的必要字彙，也請熟記。

## （一）日期

| ついたち<br>一日 | ふつか<br>二日 | みっか<br>三日 | よっか<br>四日 | いつか<br>五日 | むいか<br>六日 |
|---|---|---|---|---|---|
| 一日 | 二日 | 三日 | 四日 | 五日 | 六日 |

| なのか<br>七日 | ようか<br>八日 | ここのか<br>九日 | とおか<br>十日 | はつか<br>二十日 |
|---|---|---|---|---|
| 七日 | 八日 | 九日 | 十日 | 二十日 |

※「四日」、「八日」讀音接近，「二十日」容易誤認為「八日」，請注意。

## （二）時間

| いちじ<br>一時 | しちじ<br>七時 | はちじ<br>八時 | じゅうごふん<br>十五分 | ごじゅっぷん<br>五十分 |
|---|---|---|---|---|
| 一點 | 七點 | 八點 | 十五分 | 五十分 |

※「一時」、「七時」讀音接近，請注意。

## （三）方位

| 上<br>うえ<br>上 | 下<br>した<br>下 | 右<br>みぎ<br>右邊 | 左<br>ひだり<br>左邊 | 横<br>よこ<br>旁邊 | 隣<br>となり<br>隔壁 |
|---|---|---|---|---|---|

## （四）形容詞

| 黒い<br>くろ<br>黑的 | 白い<br>しろ<br>白的 | 赤い<br>あか<br>紅的 | 青い<br>あお<br>藍的 | 長い<br>なが<br>長的 | 短い<br>みじか<br>短的 |
|---|---|---|---|---|---|
| 高い<br>たか<br>貴的、高的 | 辛い<br>から<br>辣的 | 丸い<br>まる<br>圓的 | 暖かい<br>あたた<br>暖和的 | 冷たい<br>つめ<br>冰冷的 | 広い<br>ひろ<br>寬廣的 |

## （五）疑問詞

| どう<br>如何 | どの<br>哪個（＋名詞） | どれ<br>哪個 | どんな<br>什麼樣 | どこ<br>哪裡 |
|---|---|---|---|---|
| どうして<br>為什麼 | いつ<br>何時 | いくつ<br>幾個 | いくら<br>多少錢 | なに<br>什麼 |
| だれ<br>誰 | どなた<br>哪一位 | | | |

## 二　題型 ◎MP3-55

　　先前提到，聽力要高分，最重要的是要先聽懂題目。本節從歷屆考題中，整理出了常見的題型。雖然每一年的考題都不同，但提問方式卻是大同小異。讀者只要可以了解以下句子的意思，應試時一定可以聽懂提問的問題。

　　若時間充裕，建議先將本書所附之音檔聽過幾次，測試看看自己能掌握多少題目。然後再與以下中、日文對照，確實了解句意、並找出自己不熟悉的單字。切記，務必跟著音檔朗誦出來，大腦語言區才能完整運作，相信會有意想不到的效果。

**男の人と女の人が話しています。女の人はどのバスに乗りますか。**
男人和女人正在說話。女人要搭哪班公車呢？

**女の人が道を聞いています。花屋はどこですか。**
女人正在問路。花店在哪裡呢？

**男の人と女の人が話しています。男の人は、明日の朝、何を食べますか。**
男人和女人正在說話。男人明天早上要吃什麼呢？

**男の人と女の人が会社で話しています。今、どんな天気ですか。**
男人和女人正在公司裡說話。現在，是什麼樣的天氣呢？

**女の子とお母さんが話しています。お母さんは何を渡しましたか。**
女孩正在和母親說話。母親交給了她什麼呢？

**男の子がおばあさんと話しています。男の子はいつ電話しますか。**
男孩正和奶奶說話。男孩什麼時候要打電話呢？

男の人と女の人が話しています。男の人はお父さんから何をもらいましたか。お父さんからです。

男人和女人正在說話。男人從父親那得到了什麼呢？從父親。

男の人と女の人が話しています。女の人はこのあと何をしますか。

男人和女人正在說話。女人接下來要做什麼呢？

公園で先生が生徒たちに話しています。生徒たちはこれからどうしますか。

公園裡，老師正在對學生們說話。學生們接下來要做什麼呢？

男の人と女の人が喫茶店で話しています。女の人は、何を飲みますか。

男人和女人正在咖啡廳裡說話。女人要喝什麼呢？

男の人と女の人が話しています。女の人は男の人に何を貸しましたか。

男人和女人正在說話。女人借給了男人什麼呢？

男の人と女の人が話しています。女の人は今日、何時にうちを出ましたか。

男人和女人正在說話。女人今天幾點出門了呢？

男の人と女の人が話しています。女の人は、子どもにりんごをいくつずつあげますか。

男人和女人正在說話。女人要給小孩每人幾顆蘋果呢？

男の人と女の人が話しています。2人はいつ会いますか。

男人和女人正在說話。二人何時要見面呢？

男の人と女の人が話しています。女の人は何人家族ですか。

男人和女人正在說話。女人家裡有幾個人呢？

男の人と女の人が話しています。男の人はいつまで休みですか。

男人和女人正在說話。男人休假到什麼時候呢？

男の人と女の人が写真を見ています。どの写真を見ていますか。

男人和女人正在看照片。他們在看哪張照片呢？

男の人と女の人がデパートの中で話しています。時計はどこで売っ
ていますか。

男人和女人正在百貨公司裡說話。手錶在哪裡賣呢？

男の人と女の人が話しています。女の人は昨日、何をしていました
か。

男人和女人正在說話。女人昨天在做什麼呢？

男の人と女の人が話しています。女の人はどれを取りますか。

男人和女人正在說話。女人要拿哪一個呢？

男の人と女の人が話しています。男の人は、冬休みに何をしました
か。

男人和女人正在說話。男人寒假做了什麼呢？

男の人と女の人が話しています。男の人は今朝、何で会社に来まし
たか。

男人和女人正在說話。男人今天早上為何來公司呢？

男の人が女の人に時間を聞いています。今、何時ですか。

男人正在問女人時間。現在幾點呢？

男の人と女の人が話しています。男の人はどの靴が好きですか。

男人和女人正在說話。男人喜歡哪一雙鞋呢？

男の人と女の人が話しています。本田さんはどの人ですか。

男人和女人正在說話。本田先生是哪一位呢？

男の人と女の人が話しています。男の人は毎日会社までどうやって行きますか。

男人和女人正在說話。男人每天如何去公司呢？

男の人と女の人が話しています。女の人はどうしますか。

男人和女人正在說話。女人要怎麼做呢？

男の人と女の人が話しています。女の人は何を買ってきましたか。

男人和女人正在說話。女人買來了什麼東西？

男の人と女の人が話しています。昨日、2人でいっしょに何をしましたか。

男人和女人正在說話。昨天二個人一起做了什麼事呢？

男の人と女の人が話しています。男の人はこれからどこへ行きますか。

男人和女人正在說話。男人接下來要去哪裡呢？

男の人と女の人が話しています。郵便局はどこですか。

男人和女人正在說話。郵局在哪裡呢？

男の人と女の人が話しています。男の人は何時の電車に乗りますか。

男人和女人正在說話。男人要搭幾點的電車呢？

2人の先生が話しています。今、教室に生徒は何人いますか。

二位老師正在說話。現在教室裡有幾個學生呢？

# 實力測驗

問題 I ◎MP3-56

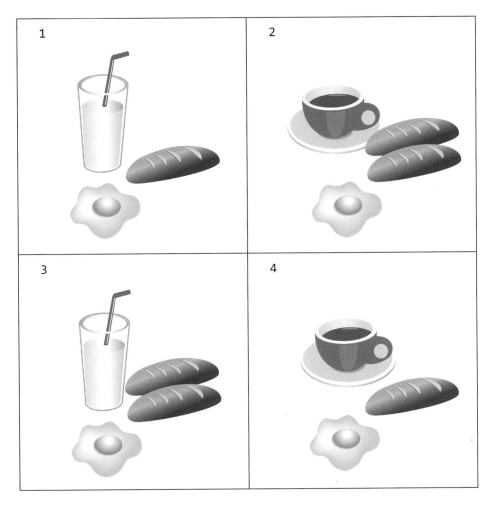

解答（　）

問題 II  ◎MP3-57

# Calendar

| にち<br>日 | げつ<br>月 | か<br>火 | すい<br>水 | もく<br>木 | きん<br>金 | ど<br>土 |
|---|---|---|---|---|---|---|
| 1 | 2 | 3 | ④ | ⑤ | 6 | ⑦ |
| ⑧ | 9 | 10 | 11 | 12 | 13 | 14 |
| 15 | 16 | 17 | 18 | 19 | 20 | 21 |
| 22 | 23 | 24 | 25 | 26 | 27 | 28 |
| 29 | 30 | 31 | | | | |

**❶** → ④　**❷** → ⑤　**❸** → ⑦　**❹** → ⑧

解答（　）

問題Ⅲ　◎MP3-58

1

2

3

4

解答（　）

問題IV ◎MP3-59

解答（　　）

問題Ⅴ　◉MP3-60

| | |
|---|---|
| 1<br><br>さんじゅっぷん<br>**３０分** | 2<br><br>いち　じ<br>**１時** |
| 3<br><br>しち　じ<br>**７時** | 4<br><br>しち　じ　はん<br>**７時半** |

解答（　　）

問題 VI ◎MP3-61

（絵などはありません）

解答（　　）

問題 VII ◎MP3-62

（絵などはありません）

解答（　　）

# 解答

| | |
|---|---|
| 問題 I | 1 |
| 問題 II | 4 |
| 問題 III | 3 |
| 問題 IV | 2 |
| 問題 V | 3 |
| 問題 VI | 1 |
| 問題 VII | 4 |

# 日文原文及中文翻譯

**問題 I** 　**正解：1**

女の人と男の人が話しています。男の人は明日の朝、何を食べますか。

女：明日の朝ご飯は、どうしますか。

男：そうですね。パンと卵をお願いします。

女：パンは2個でいいですか。

男：1個でいいです。

女：飲み物は？

男：あ、ジュースがいいです。

男の人は明日の朝、何を食べますか。

女人和男人正在說話。男人明天早上要吃什麼呢？

女：明天早餐要吃什麼呢？

男：這個嘛。就給我麵包和雞蛋吧。

女：麵包二個好嗎？

男：一個就好了。

女：飲料呢？

男：啊，我要果汁。

男人明天早上要吃什麼呢？

單字整理　實力測驗　解答解析

第一單元　言語知識（文字・語彙）

文法分析　實力測驗　解答解析

第二單元　言語知識（文法）

閱讀解析　實力測驗　解答解析

第三單元　讀解

題型整理　實力測驗

第四單元　聽解

解答解析

## 問題 II　　正解：4

おとこ ひと おんな ひと はな
男の人と女の人が話しています。2人はいつ映画を見に行きますか。
おとこ いっしょ えいが み い
男：一緒に映画を見に行きませんか。
おんな
女：いいですね。
おとこ よっか
男：4日はどうですか。
おんな よっか びょういん い
女：4日は病院に行きます。
おとこ いつか
男：そうですか。じゃあ、5日は？
おんな いつか むいか しごと
女：5日、6日は仕事がありますので……。
おとこ わたし なのか しごと ひ
男：そうですか。私も7日は仕事です。じゃ、この日にしませんか。
おんな
女：はい。そうしましょう。
ふたり えいが み い
2人はいつ映画を見に行きますか。


男人和女人正在說話。二個人要在什麼時候去看電影呢？

男：要不要一起去看電影呢？

女：好呀。

男：四號怎麼樣？

女：我四號要去醫院。

男：這樣呀。那麼五號呢？

女：我五號、六號都要上班……。

男：這樣呀。我七號也要工作。那麼就這天吧。

女：好，就這天吧。

二個人要在什麼時候去看電影呢？

**問題III** 　正解：3

男の人と女の人が話しています。田中さんはどの人ですか。

男：あの髪が長くてめがねをかけている人は田中さんですか。

女：いいえ、田中さんは髪が長いですが、めがねはかけていませんよ。

田中さんはどの人ですか。


男人和女人正在說話。田中小姐是哪一個人呢？

男：那個長頭髮、戴眼鏡的人，是田中小姐嗎？

女：不是，田中小姐是長頭髮，可是沒戴眼鏡喔。

田中小姐是哪一個人呢？

## 問題Ⅳ 　正解：2

女の人と男の人が話しています。明日の天気はどうですか。

男：ここしばらく、ずっと晴れていますね。明日も晴れでしょうか。

女：今、新聞を見ています。雨ですよ。あ、ちがった、これはあさってだ。
　　明日は、朝は晴れですが、午後は曇りですね。

男：そうですか。

明日の天気はどうですか。


女人和男人正在說話。明天天氣是怎樣呢？

男：這陣子一直是晴天耶。明天也會是晴天吧。

女：我現在在看報紙。會下雨喔。啊，不對，這是後天。

　　明天早上是晴天，不過下午是陰天。

男：是喔。

明天天氣是怎樣呢？

問題V　正解：3

男の人と女の人が話しています。男の人は今日、何時にうちを出ましたか。

女：おはようございます。今日は早いですね。

男：ええ、7時半に着きました。

女：どうしたんですか。

男：いつもはバスで1時間かかりますが、今日は車で来ました。

女：どのくらいかかりましたか。

男：30分かかりました。

男の人は今日、何時にうちを出ましたか。


男人和女人正在說話。男人今天幾點出門呢？

女：早安。今天很早耶。

男：對呀，七點半就到了。

女：是怎麼了？

男：平常我搭公車要花一個小時，不過今天開車來的。

女：花了多久時間呢？

男：花了三十分鐘。

男人今天幾點出門呢？

## 問題Ⅵ　正解：1

<ruby>男<rt>おとこ</rt></ruby>の<ruby>人<rt>ひと</rt></ruby>と<ruby>女<rt>おんな</rt></ruby>の<ruby>人<rt>ひと</rt></ruby>が<ruby>話<rt>はな</rt></ruby>しています。<ruby>男<rt>おとこ</rt></ruby>の<ruby>人<rt>ひと</rt></ruby>は<ruby>何<rt>なに</rt></ruby>を<ruby>買<rt>か</rt></ruby>ってきましたか。

<ruby>男<rt>おとこ</rt></ruby>：ただいま。<ruby>買<rt>か</rt></ruby>ってきたよ。はい。

<ruby>女<rt>おんな</rt></ruby>：ありがとう。あれ、これ、<ruby>紅茶<rt>こうちゃ</rt></ruby>じゃない。

<ruby>男<rt>おとこ</rt></ruby>：うん、<ruby>紅茶<rt>こうちゃ</rt></ruby>だよ。えっ、コーヒーだった？

<ruby>女<rt>おんな</rt></ruby>：わたし、<ruby>牛乳<rt>ぎゅうにゅう</rt></ruby>を<ruby>頼<rt>たの</rt></ruby>んだんだけど……。

<ruby>男<rt>おとこ</rt></ruby>：えっ、そうだった？

<ruby>女<rt>おんな</rt></ruby>：そうよ。

<ruby>男<rt>おとこ</rt></ruby>の<ruby>人<rt>ひと</rt></ruby>は<ruby>何<rt>なに</rt></ruby>を<ruby>買<rt>か</rt></ruby>ってきましたか。

1. <ruby>紅茶<rt>こうちゃ</rt></ruby>

2. コーヒー

3. <ruby>牛乳<rt>ぎゅうにゅう</rt></ruby>

4. <ruby>牛肉<rt>ぎゅうにく</rt></ruby>


男人和女人正在說話。男人買了什麼回來呢？

男：我回來了。買來了喔。給妳。

女：謝謝。咦，這不是紅茶嗎？

男：對，是紅茶呀。啊，妳是要咖啡？

女：我是拜託你買牛奶……。

男：咦，是那樣嗎？

女：沒錯。

男人買了什麼回來呢？

1. 紅茶

2. 咖啡

3. 牛奶

4. 牛肉

189

問題VII　　正解：4

男の人と女の人が話しています。新しいレストランはどんな店ですか。

女：昨日、この近くの新しいレストランへ行きました。

　　料理がおいしくて、いいお店でしたよ。

男：店の中はどうですか。

女：広くて、きれいな花があります。

新しいレストランはどんなお店ですか。

1. 料理がおいしくないです。

2. 広くないです。

3. きれいな絵があります。

4. きれいな花があります。


男人和女人正在說話。新的餐廳是怎樣的一家店呢？

女：我昨天去這附近的一家新餐廳。

　　菜很好吃，是一家不錯的店喔。

男：店裡面怎麼樣呢？

女：很大，有漂亮的花。

新的餐廳是怎樣的一家店呢？

1. 菜不好吃。

2. 不大。

3. 有漂亮的畫。

4. 有漂亮的花。

# 考前掃描

# 考前準備要領

　　看到這裡，各位的心情一定相當緊張吧。如果前面的文法解說都了解、而且練習都做完的話，先恭喜各位，一定可以收到N5合格的證書。如果還沒有把握的人沒關係，N5範圍非常小，只要利用考前一天，將本書快速瀏覽一次，合格的機率還是相當高的。在進行最後的複習前，我們先再次確認一下考試範圍、各科考試時間及配分吧。

| 考試科目 | 時間 | 配分 | 能力程度 |
|---|---|---|---|
| ① 言語知識（文字・語彙） | 20分鐘 | 120分 | ・能看懂以平假名、片假名或日常生活中使用的基本漢字所寫成的固定詞句和文章。<br>・在教室或周遭環境等日常生活中常會遇到的場合裡，如果有講話速度較慢的簡短會話，能獲取其中必要的資訊。 |
| ② 言語知識（文法）・讀解 | 40分鐘 | | |
| ③ 聽解 | 30分鐘 | 60分 | |
| 合計 | 90分鐘 | 180分 | |

　　考試是每年七月和十二月的第一個星期天，前一天是星期六，大部分的人都不用上班、上課，請好好利用最後一天。之前都沒有時間好好準備的人不要太早放棄喔，說不定只讀這一天也可以合格呢！

　　好了，接下來先確認一下2B鉛筆和橡皮擦是否準備好了，然後看一下准考證上的考試地點，看清楚自己到底是在師大還是師大分部、台大還是台科大。搭捷運的考生記得提早一點出門，星期天一大早的捷運是離峰班距，有時候要多等五至十分鐘才有車。如果在台大考，也請早一點出門，因為校區廣大容易迷路。最後，不要忘了將身分證跟准考證放在一

起，要有這二樣證件才能進試場。當天還是忘了帶證件時，請不要慌張，有某些證件可以代替身分證，請詢問走廊上的試務人員。若整個錢包都忘了帶，沒有任何證件也沒關係，可以到試務中心辦理臨時入場證，之後再補驗。

接下來，我們開始進行最後的複習吧。切記，好好利用考前一天以及考前十分鐘，雖然是臨時抱佛腳，但臨陣磨槍不亮也光，不是嗎？

# 考前掃瞄

## 一　單字

單字要小心「濁音」、「長音」、「促音」等陷阱。如果有看不懂的題目，默唸幾次，也許就會知道意思了。本書的附錄有N5單字總整理，請多利用時間背誦，並配合音檔一起朗讀。

如果沒有問題了，最後請再確認一下以下的單字是否已經記熟。

| 日文 | 中譯 | 日文 | 中譯 | 日文 | 中譯 | 日文 | 中譯 |
|---|---|---|---|---|---|---|---|
| ついたち 一日 | 一日 | ふつか 二日 | 二日 | みっか 三日 | 三日 | よっか 四日 | 四日 |
| いつか 五日 | 五日 | むいか 六日 | 六日 | なのか 七日 | 七日 | ようか 八日 | 八日 |
| ここのか 九日 | 九日 | とおか 十日 | 十日 | はつか 二十日 | 二十日 | | |

| 日文 | 中譯 | 日文 | 中譯 | 日文 | 中譯 | 日文 | 中譯 |
|---|---|---|---|---|---|---|---|
| ひと 一つ | 一個 | ふた 二つ | 二個 | みっ 三つ | 三個 | よっ 四つ | 四個 |
| いつ 五つ | 五個 | むっ 六つ | 六個 | なな 七つ | 七個 | やっ 八つ | 八個 |
| ここの 九つ | 九個 | とお 十 | 十個 | | | | |

| 日文 | 中譯 | 日文 | 中譯 | 日文 | 中譯 | 日文 | 中譯 |
|---|---|---|---|---|---|---|---|
| にちようび 日曜日 | 星期天 | げつようび 月曜日 | 星期一 | かようび 火曜日 | 星期二 | すいようび 水曜日 | 星期三 |
| もくようび 木曜日 | 星期四 | きんようび 金曜日 | 星期五 | どようび 土曜日 | 星期六 | | |

# 二　聽力

切記，在播放的過程中，盡可能不要記筆記，而是在聆聽的過程中就要找出答案。作答完畢之後，不要猶豫，趕快看下一題的圖片，並且仔細聽第一次提問。

# 三　句型

最後，複習一下各詞類的變化及句型。

## （一）「名詞」和「ナ形容詞」的常體語尾

■ 現在式肯定：「きれい<u>だ</u>」
■ 現在式否定：「きれい<u>ではない</u>」（きれい<u>じゃない</u>）
■ 過去式肯定：「きれい<u>だった</u>」
■ 過去式否定：「きれい<u>ではなかった</u>」（きれい<u>じゃなかった</u>）

## （二）「イ形容詞」的常體語尾

■ 現在式肯定：「大<sub>おお</sub>き<u>い</u>」
■ 現在式否定：「大<sub>おお</sub>き<u>くない</u>」
■ 過去式肯定：「大<sub>おお</sub>き<u>かった</u>」
■ 過去式否定：「大<sub>おお</sub>き<u>くなかった</u>」

# （三）各詞類的連接方式

- 名詞＋の＋名詞
- イ形容詞＋名詞
- ナ形容詞＋な＋名詞
- 動詞→常體＋名詞

- イ形容詞＋~~い~~くて＋形容詞
- ナ形容詞＋で＋形容詞

- イ形容詞＋~~い~~く＋動詞
- ナ形容詞＋に＋動詞
- 名詞＋に＋動詞

# （四）「動詞」必考句型

- 「ます形」　＋ながら　　　（一邊～、一邊～）
- 「辭書形」　＋まえに　　　（～之前）
- 「た形」　　＋あとで　　　（～之後）
- 「て形」　　＋ください　　（請～）
- 「ない形」　＋でください　（請不要～）

# N5 單字整理

# N5單字整理

## 一　動詞

### （一）I類動詞（五段動詞）　◎MP3-63

「〜います」

| 日文 | 中譯 | 日文 | 中譯 | 日文 | 中譯 |
|---|---|---|---|---|---|
| <ruby>会<rt>あ</rt></ruby>います | 見面 | <ruby>洗<rt>あら</rt></ruby>います | 洗 | <ruby>言<rt>い</rt></ruby>います | 說 |
| <ruby>歌<rt>うた</rt></ruby>います | 唱（歌） | <ruby>買<rt>か</rt></ruby>います | 買 | <ruby>吸<rt>す</rt></ruby>います | 抽（菸） |
| <ruby>違<rt>ちが</rt></ruby>います | 不同 | <ruby>使<rt>つか</rt></ruby>います | 使用 | <ruby>習<rt>なら</rt></ruby>います | 學 |

「〜きます」

| 日文 | 中譯 | 日文 | 中譯 | 日文 | 中譯 |
|---|---|---|---|---|---|
| <ruby>歩<rt>ある</rt></ruby>きます | 走路 | <ruby>開<rt>あ</rt></ruby>きます | 開啟 | <ruby>行<rt>い</rt></ruby>きます | 去 |
| <ruby>泳<rt>およ</rt></ruby>ぎます | 游泳 | <ruby>書<rt>か</rt></ruby>きます | 寫 | <ruby>聞<rt>き</rt></ruby>きます | 聽、問 |
| <ruby>咲<rt>さ</rt></ruby>きます | （花）開 | <ruby>着<rt>つ</rt></ruby>きます | 到達 | <ruby>泣<rt>な</rt></ruby>きます | 哭 |
| <ruby>脱<rt>ぬ</rt></ruby>ぎます | 脫 | <ruby>履<rt>は</rt></ruby>きます | 穿（褲、鞋） | <ruby>働<rt>はたら</rt></ruby>きます | 工作 |
| <ruby>弾<rt>ひ</rt></ruby>きます | 彈奏 | <ruby>吹<rt>ふ</rt></ruby>きます | （風）吹 | <ruby>磨<rt>みが</rt></ruby>きます | 刷（牙） |

## 「～します」

| 日文 | 中譯 | 日文 | 中譯 | 日文 | 中譯 |
|---|---|---|---|---|---|
| 押<sub>お</sub>します | 推 | 返<sub>かえ</sub>します | 歸還 | 貸<sub>か</sub>します | 借給人 |
| 消<sub>け</sub>します | 關掉、熄滅 | さします | 撐（傘） | 出<sub>だ</sub>します | 拿出 |
| 話<sub>はな</sub>します | 說話 | 渡<sub>わた</sub>します | 交給 | | |

## 「～ちます」

| 日文 | 中譯 | 日文 | 中譯 | 日文 | 中譯 |
|---|---|---|---|---|---|
| 立<sub>た</sub>ちます | 站 | 待<sub>ま</sub>ちます | 等 | 持<sub>も</sub>ちます | 拿、持有 |

## 「～にます」

| 日文 | 中譯 |
|---|---|
| 死<sub>し</sub>にます | 死 |

## 「～びます」

| 日文 | 中譯 | 日文 | 中譯 |
|---|---|---|---|
| 遊<sub>あそ</sub>びます | 玩 | 飛<sub>と</sub>びます | 飛、跳 |

「～みます」

| 日文 | 中譯 | 日文 | 中譯 | 日文 | 中譯 |
|------|------|------|------|------|------|
| 住<sup>す</sup>みます | 住 | 頼<sup>たの</sup>みます | 拜託 | 飲<sup>の</sup>みます | 喝 |
| 休<sup>やす</sup>みます | 休息 | 読<sup>よ</sup>みます | 閱讀、唸 | | |

「～ります」

| 日文 | 中譯 | 日文 | 中譯 | 日文 | 中譯 |
|------|------|------|------|------|------|
| あります | 有、在 | 要<sup>い</sup>ります | 需要 | 売<sup>う</sup>ります | 賣 |
| 終<sup>お</sup>わります | 結束 | 掛<sup>か</sup>かります | 掛、花費 | 切<sup>き</sup>ります | 剪、切 |
| 曇<sup>くも</sup>ります | 天陰 | 困<sup>こま</sup>ります | 困擾 | 閉<sup>し</sup>まります | 關閉 |
| 作<sup>つく</sup>ります | 製造 | 止<sup>と</sup>まります | 停 | 撮<sup>と</sup>ります | 拍照 |
| | | | | 取<sup>と</sup>ります | 拿 |
| なります | 變成 | 登<sup>のぼ</sup>ります | 登、攀爬 | 乗<sup>の</sup>ります | 搭乘 |
| 入<sup>はい</sup>ります | 進入 | 走<sup>はし</sup>ります | 跑 | 始<sup>はじ</sup>まります | 開始 |
| 貼<sup>は</sup>ります | 貼 | 降<sup>ふ</sup>ります | 下（雨） | 曲<sup>ま</sup>がります | 轉彎 |
| やります | 做 | 分<sup>わ</sup>かります | 知道、懂 | 渡<sup>わた</sup>ります | 通過 |

## （二）II類動詞（一段動詞） ◎MP3-64

「～eます」

| 日文 | 中譯 | 日文 | 中譯 | 日文 | 中譯 |
|------|------|------|------|------|------|
| <ruby>上<rt>あ</rt></ruby>げます | 給 | <ruby>入<rt>い</rt></ruby>れます | 放入 | <ruby>生<rt>う</rt></ruby>まれます | 出生 |
| <ruby>教<rt>おし</rt></ruby>えます | 教 | <ruby>掛<rt>か</rt></ruby>けます | 打（電話） | <ruby>消<rt>き</rt></ruby>えます | 消失、熄滅 |
| <ruby>閉<rt>し</rt></ruby>めます | 關 | <ruby>食<rt>た</rt></ruby>べます | 吃 | <ruby>疲<rt>つか</rt></ruby>れます | 疲倦、累 |
| <ruby>付<rt>つ</rt></ruby>けます | 開（燈） | <ruby>勤<rt>つと</rt></ruby>めます | 工作 | <ruby>出<rt>で</rt></ruby>かけます | 出門 |
| <ruby>並<rt>なら</rt></ruby>べます | 排列 | <ruby>寝<rt>ね</rt></ruby>ます | 睡覺 | <ruby>晴<rt>は</rt></ruby>れます | 放晴 |
| <ruby>見<rt>み</rt></ruby>せます | 讓人看 | | | | |

「～iます」

| 日文 | 中譯 | 日文 | 中譯 | 日文 | 中譯 |
|------|------|------|------|------|------|
| <ruby>浴<rt>あ</rt></ruby>びます | 沖（水） | <ruby>居<rt>い</rt></ruby>ます | 在、有 | <ruby>起<rt>お</rt></ruby>きます | 起床 |
| <ruby>降<rt>お</rt></ruby>ります | 下（車） | <ruby>借<rt>か</rt></ruby>ります | 跟人借 | <ruby>着<rt>き</rt></ruby>ます | 穿（衣） |
| <ruby>出来<rt>でき</rt></ruby>ます | 會、完成 | <ruby>見<rt>み</rt></ruby>ます | 看 | | |

附録1 考前掃描

附録2 N5單字整理

附録3 新日檢「Can-do」檢核表

## （三）Ⅲ類動詞（カ變・サ變） ◎MP3-65

「します」、「きます」

| 日文 | 中譯 | 日文 | 中譯 |
|------|------|------|------|
| します | 做 | 来<sup>き</sup>ます | 來 |

※動詞常常不只一個意思，最好相關的用法都能熟記。

# 二 イ形容詞 ◎MP3-66

| 日文 | 中譯 | 日文 | 中譯 | 日文 | 中譯 |
|------|------|------|------|------|------|
| <ruby>赤<rt>あか</rt></ruby>い | 紅的 | <ruby>青<rt>あお</rt></ruby>い | 藍的 | <ruby>黄色<rt>き いろ</rt></ruby>い | 黃色的 |
| <ruby>白<rt>しろ</rt></ruby>い | 白的 | <ruby>黒<rt>くろ</rt></ruby>い | 黑的 | <ruby>丸<rt>まる</rt></ruby>い | 圓的 |
| <ruby>長<rt>なが</rt></ruby>い | 長的 | <ruby>短<rt>みじか</rt></ruby>い | 短的 | <ruby>忙<rt>いそが</rt></ruby>しい | 忙碌的 |
| <ruby>近<rt>ちか</rt></ruby>い | 近的 | <ruby>遠<rt>とお</rt></ruby>い | 遠的 | <ruby>痛<rt>いた</rt></ruby>い | 痛的 |
| <ruby>高<rt>たか</rt></ruby>い | 貴的、高的 | <ruby>低<rt>ひく</rt></ruby>い | 低矮的 | <ruby>安<rt>やす</rt></ruby>い | 便宜的 |
| <ruby>狭<rt>せま</rt></ruby>い | 狹小的 | <ruby>広<rt>ひろ</rt></ruby>い | 寬廣的 | <ruby>若<rt>わか</rt></ruby>い | 年輕的 |
| <ruby>太<rt>ふと</rt></ruby>い | 粗的、胖的 | <ruby>細<rt>ほそ</rt></ruby>い | 細的 | <ruby>可愛<rt>かわい</rt></ruby>い | 可愛的 |
| <ruby>強<rt>つよ</rt></ruby>い | 強的 | <ruby>弱<rt>よわ</rt></ruby>い | 弱小的 | <ruby>汚<rt>きたな</rt></ruby>い | 髒的 |
| いい | 好的 | <ruby>悪<rt>わる</rt></ruby>い | 壞的 | <ruby>明<rt>あか</rt></ruby>るい | 明亮的、開朗的 |
| <ruby>暗<rt>くら</rt></ruby>い | 黑暗的 | <ruby>暖<rt>あたた</rt></ruby>かい | 暖和的 | <ruby>涼<rt>すず</rt></ruby>しい | 涼爽的 |
| <ruby>新<rt>あたら</rt></ruby>しい | 新的 | <ruby>古<rt>ふる</rt></ruby>い | 舊的 | おいしい | 好吃的 |
| まずい | 不好吃的 | <ruby>大<rt>おお</rt></ruby>きい | 大的 | <ruby>小<rt>ちい</rt></ruby>さい | 小的 |

| 日文 | 中譯 | 日文 | 中譯 | 日文 | 中譯 |
|---|---|---|---|---|---|
| 暑い（あつ） | 熱的 | 寒い（さむ） | 寒冷 | 冷たい（つめ） | 冰冷的 |
| 熱い（あつ） | 燙的 | | | | |
| 早い（はや） | 早的 | 遅い（おそ） | 慢的、晚的 | 薄い（うす） | 淡的 |
| 速い（はや） | 快的 | | | | |
| 重い（おも） | 重的 | 軽い（かる） | 輕的 | 甘い（あま） | 甜的 |
| 辛い（から） | 辣的 | 面白い（おもしろ） | 有趣的 | つまらない | 無聊的 |

# 三　ナ形容詞 ⊙MP3-67

| 日文 | 中譯 | 日文 | 中譯 | 日文 | 中譯 |
|---|---|---|---|---|---|
| きれい | 漂亮 | 上手<br>じょうず | 高明、厲害 | 下手<br>へた | 技巧糟糕 |
| 好き<br>す | 喜歡 | 嫌い<br>きら | 討厭 | 暇<br>ひま | 空閒 |
| 静か<br>しず | 安靜 | 賑やか<br>にぎ | 熱鬧 | 便利<br>べんり | 方便 |
| 色々<br>いろいろ | 各式各樣 | 大切<br>たいせつ | 重要 | 元気<br>げんき | 有精神、<br>有活力 |
| 有名<br>ゆうめい | 有名 | 丈夫<br>じょうぶ | 結實、牢固 | 立派<br>りっぱ | 傑出、雄偉 |
| 嫌<br>いや | 厭惡 | 大好き<br>だいす | 非常喜歡 | 大丈夫<br>だいじょうぶ | 沒問題 |

## 四 副詞 ◎MP3-68

| 日文 | 中譯 | 日文 | 中譯 | 日文 | 中譯 |
|---|---|---|---|---|---|
| あまり | （不）太～ | いつも | 總是 | おおぜい | 很多人 |
| すぐに | 立刻 | すこし | 稍微 | たいてい | 大致上 |
| たいへん | 非常 | たくさん | 很多 | たぶん | 大概 |
| ちょうど | 剛好 | ちょっと | 稍微 | ぜんぶ | 全部 |
| とても | 非常 | ときどき | 有時、偶爾 | ほんとうに | 真的 |
| また | 又 | まっすぐ | 直直地 | もちろん | 當然 |
| ゆっくり | 慢慢地 | よく | 經常 | | |

# 五　名詞

## （一）單音節名詞 ◎MP3-69

| 日文 | 中譯 | 日文 | 中譯 | 日文 | 中譯 | 日文 | 中譯 |
|---|---|---|---|---|---|---|---|
| 背<br>せ | 身高 | 目<br>め | 眼睛 | 歯<br>は | 牙齒 | 手<br>て | 手 |
| 戸<br>と | 門 | 木<br>き | 樹木 | 絵<br>え | 圖畫 | 血<br>ち | 血 |

## （二）雙音節名詞 ◎MP3-70

| 日文 | 中譯 | 日文 | 中譯 | 日文 | 中譯 | 日文 | 中譯 |
|---|---|---|---|---|---|---|---|
| 顔<br>かお | 臉 | 声<br>こえ | （人的）聲音 | 耳<br>みみ | 耳朵 | 花<br>はな<br>鼻<br>はな | 花<br>鼻子 |
| 口<br>くち | 嘴巴 | 足<br>あし | 腳 | 父<br>ちち | 家父 | 母<br>はは | 家母 |
| 兄<br>あに | 家兄 | 姉<br>あね | 家姊 | 人<br>ひと | 人 | 部屋<br>へや | 房間 |
| 窓<br>まど | 窗戶 | 門<br>もん | 大門 | 風呂<br>ふろ | 浴缸 | 庭<br>にわ | 院子 |
| 家<br>いえ | 房子 | 椅子<br>いす | 椅子 | 箱<br>はこ | 盒子 | 春<br>はる | 春天 |
| 夏<br>なつ | 夏天 | 秋<br>あき | 秋天 | 冬<br>ふゆ | 冬天 | 池<br>いけ | 水池 |

| 日文 | 中譯 | 日文 | 中譯 | 日文 | 中譯 | 日文 | 中譯 |
|---|---|---|---|---|---|---|---|
| 海<br>うみ | 海 | 山<br>やま | 山 | 橋<br>はし | 橋 | 川<br>かわ | 河川 |
| 空<br>そら | 天空 | 鳥<br>とり | 鳥 | 医者<br>いしゃ | 醫生 | 風<br>かぜ<br>風邪<br>かぜ | 風<br>感冒 |
| 駅<br>えき | 車站 | 店<br>みせ | 商店 | 道<br>みち | 路 | 町<br>まち | 城鎮 |
| 服<br>ふく | 衣服 | 靴<br>くつ | 鞋子 | 物<br>もの | 東西 | 傘<br>かさ | 傘 |
| 鍵<br>かぎ | 鑰匙 | お茶<br>ちゃ | 茶 | 水<br>みず | 水 | 肉<br>にく | 肉 |
| 塩<br>しお | 鹽巴 | 辞書<br>じしょ | 字典 | 本<br>ほん | 書 | 朝<br>あさ | 早上 |
| 昼<br>ひる | 中午 | 夜<br>よる | 夜晚 | 晩<br>ばん | 晚上 | 前<br>まえ | 前面 |
| 横<br>よこ | 旁邊 | 右<br>みぎ | 右邊 | 側<br>がわ | 一旁 | 辺<br>へん | 附近 |
| 角<br>かど | 角 | 次<br>つぎ | 下個 | 後<br>あと | 之後 | 西<br>にし | 西邊 |
| 北<br>きた | 北邊 | 歌<br>うた | 歌 | 国<br>くに | 國家 | 紙<br>かみ | 紙張 |
| 色<br>いろ | 顏色 | 地図<br>ちず | 地圖 | 意味<br>いみ | 意思 | | |

## （三）三音節名詞 ◎MP3-71

| 日文 | 中譯 | 日文 | 中譯 | 日文 | 中譯 | 日文 | 中譯 |
|---|---|---|---|---|---|---|---|
| あたま<br>頭 | 頭 | からだ<br>体 | 身體 | なか<br>お腹 | 肚子 | かぞく<br>家族 | 家人 |
| わたし<br>私 | 我 | か ない<br>家内 | 內人 | じ ぶん<br>自分 | 自己 | おとこ<br>男 | 男性 |
| おんな<br>女 | 女性 | つくえ<br>机 | 桌子 | か びん<br>花瓶 | 花瓶 | くすり<br>薬 | 藥品 |
| びょう き<br>病気 | 生病 | で ぐち<br>出口 | 出口 | やおや<br>八百屋 | 蔬果店 | かいしゃ<br>会社 | 公司 |
| うわ ぎ<br>上着 | 外衣 | ぼう し<br>帽子 | 帽子 | せ びろ<br>背広 | 西裝 | かばん<br>鞄 | 皮包、<br>書包 |
| に もつ<br>荷物 | 行李 | め がね<br>眼鏡 | 眼鏡 | と けい<br>時計 | 鐘錶 | さけ<br>お酒 | 酒 |
| はん<br>ご飯 | 飯 | りょう り<br>料理 | 菜 | や さい<br>野菜 | 蔬菜 | さかな<br>魚 | 魚 |
| さ とう<br>砂糖 | 糖 | しょう ゆ<br>醤油 | 醬油 | か し<br>お菓子 | 點心、<br>零食 | たばこ | 香菸 |
| ちゃわん<br>茶碗 | 碗 | さら<br>お皿 | 盤子 | でんしゃ<br>電車 | 電車 | くるま<br>車 | 車子 |
| きっ ぷ<br>切符 | 票 | かん じ<br>漢字 | 漢字 | こと ば<br>言葉 | 語言 | えい ご<br>英語 | 英語 |
| じゅぎょう<br>授業 | 上課 | ざっ し<br>雑誌 | 雜誌 | じ びき<br>字引 | 字典 | て がみ<br>手紙 | 信 |

| 日文 | 中譯 | 日文 | 中譯 | 日文 | 中譯 | 日文 | 中譯 |
|---|---|---|---|---|---|---|---|
| 葉書<br>はがき | 明信片 | 切手<br>きって | 郵票 | 休み<br>やす | 假日、<br>休假 | 仕事<br>しごと | 工作 |
| 旅行<br>りょこう | 旅行 | 掃除<br>そうじ | 打掃 | 散歩<br>さんぽ | 散步 | 夕べ<br>ゆう | 昨晚 |
| 後ろ<br>うし | 後面 | 左<br>ひだり | 左邊 | 隣<br>となり | 隔壁 | 向こう<br>む | 對面 |
| 東<br>ひがし | 東邊 | 南<br>みなみ | 南邊 | 映画<br>えいが | 電影 | 名前<br>なまえ | 名字 |
| 同じ<br>おな | 相同 | 写真<br>しゃしん | 照片 | 時間<br>じかん | 時間 | お金<br>かね | 金錢 |
| 電気<br>でんき | 電燈 | 茶色<br>ちゃいろ | 咖啡色 | 話<br>はなし | 話語 | | |

## （四）四音節名詞 ◎MP3-72

| 日文 | 中譯 | 日文 | 中譯 | 日文 | 中譯 |
|---|---|---|---|---|---|
| 弟<br>おとうと | 弟弟 | 妹<br>いもうと | 妹妹 | 両親<br>りょうしん | 雙親 |
| 兄弟<br>きょうだい | 兄弟姊妹 | おじさん | 叔叔 | おばさん | 阿姨 |
| 奥さん<br>おく | 夫人、太太 | 友達<br>ともだち | 朋友 | 皆さん<br>みな | 各位 |
| 階段<br>かいだん | 樓梯 | 玄関<br>げんかん | 玄關 | 食堂<br>しょくどう | 餐廳、食堂 |
| 本棚<br>ほんだな | 書架 | 灰皿<br>はいざら | 菸灰缸 | 動物<br>どうぶつ | 動物 |
| 病院<br>びょういん | 醫院 | 入り口<br>い ぐち | 入口 | 建物<br>たてもの | 建築物 |
| 図書館<br>と しょかん | 圖書館 | 銀行<br>ぎんこう | 銀行 | 交番<br>こうばん | 派出所 |
| 外国<br>がいこく | 外國 | 公園<br>こうえん | 公園 | 靴下<br>くつした | 襪子 |
| 鉛筆<br>えんぴつ | 鉛筆 | 石けん<br>せっ | 肥皂 | 飲物<br>のみもの | 飲料 |
| 牛乳<br>ぎゅうにゅう | 牛奶 | 食べ物<br>た もの | 食物 | 果物<br>くだもの | 水果 |
| 豚肉<br>ぶたにく | 豬肉 | 鳥肉<br>とりにく | 雞肉 | 牛肉<br>ぎゅうにく | 牛肉 |

| 日文 | 中譯 | 日文 | 中譯 | 日文 | 中譯 |
|---|---|---|---|---|---|
| 弁当<br>べんとう | 便當 | 飛行機<br>ひこうき | 飛機 | 自動車<br>じどうしゃ | 汽車 |
| 自転車<br>じてんしゃ | 自行車 | 地下鉄<br>ちかてつ | 地鐵 | 学校<br>がっこう | 學校 |
| 学生<br>がくせい | 學生 | 先生<br>せんせい | 老師 | 教室<br>きょうしつ | 教室 |
| 平仮名<br>ひらがな | 平假名 | 片仮名<br>かたかな | 片假名 | 練習<br>れんしゅう | 練習 |
| 質問<br>しつもん | 發問 | 問題<br>もんだい | 問題 | 宿題<br>しゅくだい | 作業 |
| 作文<br>さくぶん | 作文 | 勉強<br>べんきょう | 學習 | 新聞<br>しんぶん | 報紙 |
| 封筒<br>ふうとう | 信封 | 結婚<br>けっこん | 結婚 | 洗濯<br>せんたく | 洗衣服 |
| 買物<br>かいもの | 購物 | 夕方<br>ゆうがた | 傍晚 | 番号<br>ばんごう | 號碼 |

## （五）五音節名詞 ◎MP3-73

| 日文 | 中譯 | 日文 | 中譯 | 日文 | 中譯 |
|---|---|---|---|---|---|
| お父さん | 父親 | お母さん | 母親 | お兄さん | 哥哥 |
| お姉さん | 姊姊 | お爺さん | 爺爺 | お婆さん | 奶奶 |
| お手洗い | 洗手間 | 冷蔵庫 | 冰箱 | 喫茶店 | 咖啡廳 |
| 誕生日 | 生日 | 映画館 | 電影院 | | |

## （六）六音節名詞 ◎MP3-74

| 日文 | 中譯 | 日文 | 中譯 | 日文 | 中譯 |
|---|---|---|---|---|---|
| 外国人 | 外國人 | 郵便局 | 郵局 | 留学生 | 留學生 |

# 六　外來語 ⊚MP3-75

| 日文 | 中譯 | 日文 | 中譯 | 日文 | 中譯 |
|---|---|---|---|---|---|
| アパート | 公寓 | エレベーター | 電梯 | カメラ | 相機 |
| カレンダー | 月曆 | ギター | 吉他 | クラス | 班級 |
| コート | 外套 | コップ | 杯子 | シャツ | 襯衫 |
| スカート | 裙子 | テープ | 錄音帶 | テーブル | 桌子 |
| テスト | 測驗 | デパート | 百貨公司 | テレビ | 電視 |
| ドア | 門 | トイレ | 廁所 | ナイフ | 刀子 |
| ニュース | 新聞 | ハンカチ | 手帕 | フィルム | 底片 |
| プール | 游泳池 | フォーク | 叉子 | ページ | 頁數 |
| ベッド | 床 | ボールペン | 原子筆 | ボタン | 鈕釦 |
| ホテル | 飯店 | ストーブ | 暖爐 | スプーン | 湯匙 |

| 日文 | 中譯 | 日文 | 中譯 | 日文 | 中譯 |
|---|---|---|---|---|---|
| スポーツ | 運動 | ズボン | 褲子 | スリッパ | 拖鞋 |
| セーター | 毛衣 | ネクタイ | 領帶 | ノート | 筆記本 |
| パーティー | 宴會 | バス | 公車 | バター | 奶油 |
| パン | 麵包 | ポケット | 口袋 | マッチ | 火柴 |
| ラジオ | 收音機 | レコード | 唱片 | レストラン | 餐廳 |

## 七 寒暄用語 ◎MP3-76

| 日文 | 中譯 |
|---|---|
| こんにちは。 | 你好。 |
| こんばんは。 | 晚安。 |
| おはようございます。 | 早安。 |
| おやすみなさい。 | 晚安。（睡前說） |
| ただいま。 | 我回來了。 |
| おかえりなさい。 | 你回來啦。／歡迎回來。 |
| いってきます。 | 我走了。 |
| いってらっしゃい。 | 請慢走。 |
| いただきます。 | 我要吃了。／開動。 |
| ごちそうさまでした。 | 我吃飽了。／謝謝您的招待。 |
| いらっしゃいませ。 | 歡迎光臨。 |
| ごめんなさい。 | 對不起。 |
| すみません。 | 不好意思。 |
| ありがとうございました。 | 謝謝您。 |
| ありがとう。 | 謝謝。 |
| どういたしまして。 | 別客氣。 |

# 新日檢「Can-do」檢核表

　　日語學習最終必須回歸應用在日常生活，在聽、說、讀、寫四大能力指標中，您的日語究竟能活用到什麼程度呢？本附錄根據JLPT官網所公佈之「日本語能力測驗Can-do自我評價調查計畫」所做的問卷，整理出25條細目，依聽、說、讀、寫四大指標製作檢核表，幫助您了解自我應用日語的能力。

# 聽

> 目標：在教室、身邊環境等日常生活中會遇到的場合下，透過慢速、簡短的對話，即能聽取必要的資訊。

□ 1. 簡単な道順や乗り換えについての説明を聞いて、理解できる。

聽取簡單的路線指引或是轉乘說明，可以理解。

□ 2. 身近で日常的な話題（例：趣味、食べ物、週末の予定）についての会話がだいたい理解できる。

可以大致理解關於身邊日常生活話題（例如嗜好、食物、週末的計畫）的對話。

□ 3. 簡単な指示を聞いて、何をすべきか理解できる。

聽取簡單的指示，可以理解應該做什麼。

□ 4. 先生からのお知らせを聞いて、集合時間、場所などがわかる。

聽取老師的通知，可以了解集合時間、地點等。

# 說

目標：能進行簡單的日常生活會話。

□ 1. 自分の家族や町など身近な話題について説明することができる。

可以說明自己家人或是城鎮等與己身相關的話題。

□ 2. 観光地などで会った人に声をかけて、簡単な会話ができる。

在觀光景點等，可以與遇到的人打招呼，進行簡單的對話。

□ 3. 自分の部屋について説明することができる。

可以說明介紹自己的房間。

□ 4. 驚き、嬉しさなどの自分の気持ちと、その理由を簡単なことばで説明することができる。

可以用簡單的語彙，說明驚訝或高興等自己的心情，以及其理由。

□ 5. 日常的なあいさつと、その後の短いやりとりができる（例：「いい天気ですね」など）。

可以進行日常的打招呼以及之後簡短的應對（例如「天氣真好啊」等等）。

□ 6. 趣味や興味のあることについて、話すことができる。

可以陳述關於嗜好以及感興趣的事物。

□ 7. 店、郵便局、駅などで、よく使われることば（例：「いくらですか」「○○をください」）を使って、簡単なやりとりができる。

在店家、郵局、車站等地，能運用常用的語彙（例如「多少錢」、「請給我○○」），做簡單的應對。

□ 8. 自己紹介をしたり、自分についての簡単な質問に答えたりすることができる。

可以自我介紹，或回答關於自身的簡單詢問。

# 讀

> 目標：理解日常生活中以平假名、片假名或是漢字等書寫的語句或文章。

□ 1.知人や友人から来たはがきやメールを読んで、理解できる。
　　讀完熟人或朋友寄來的明信片或E-mail後，能理解其意義。

□ 2.絵がたくさん入っている本や漫画を読んで、だいたいのストーリーが理解できる。
　　閱讀有大量圖畫的書或是漫畫，可以大致理解故事內容。

□ 3.新聞の広告やチラシを見て、安売り期間や値段などがわかる。
　　看報紙的廣告或是傳單，可以知道特價期間或價格等。

□ 4.年賀状や誕生日のカードを読んで、理解できる。
　　讀完賀年卡或生日卡後，能理解其意義。

□ 5.学校などで面談の予定表を見て、自分の面談の曜日と時間がわかる。
　　看到學校等面試的預定表，可以知道自己面試的星期幾與時間。

□ 6.簡単なメモを読んで、理解できる。
　　讀完簡單的便箋，能理解其意義。

# 寫

目標：能夠撰寫簡單的文章。

☐ 1. 将来の計画や希望（例：夏休みの旅行、やりたい仕事）について簡単に書くことができる。

可以簡單書寫未來計劃或希望（例如暑假的旅行、想從事的工作）。

☐ 2. 自分の家族や町などの身近な話題について簡単に書くことができる。

可以簡單書寫有關自己的家人或城鎮等與己身相關的話題。

☐ 3. 短い日記を書くことができる。

可以書寫簡短的日記。

☐ 4. 友人に、依頼や誘いの簡単な手紙やメールを書くことができる。

可以寫簡單的信或 E-mail 給朋友，表達請託或邀請。

☐ 5. 予定表やカレンダーに、短いことばで自分の予定を書くことができる。

可以在預定表或月曆上，用簡單的語彙，寫上自己的預定計畫。

☐ 6. 誕生日のカードや短いお礼のカードを書くことができる。

可以寫生日卡或簡短的謝卡。

☐ 7. 簡単な自己紹介の文を書くことができる。

可以書寫簡單的自我介紹文。

國家圖書館出版品預行編目資料

一考就上！新日檢N5全科總整理　新版 / 林士鈞著
-- 修訂二版 -- 臺北市：瑞蘭國際, 2024.01
224面；17×23公分 --（檢定攻略系列；83）
ISBN：978-626-7274-83-5（平裝）
1. CST：日語　2. CST：讀本　3. CST：能力測驗

803.189　　　　　　　　　　　　　　112022763

檢定攻略系列 83

# 一考就上！新日檢N5全科總整理 新版

作者｜林士鈞・責任編輯｜葉仲芸、王愿琦
校對｜林士鈞、葉仲芸、王愿琦

日語錄音｜今泉江利子、野崎孝男、こんどうともこ
錄音室｜純粹錄音後製有限公司
封面設計｜劉麗雪・版型設計｜張芝瑜、余佳憓
內文排版｜帛格有限公司、余佳憓、陳如琪

瑞蘭國際出版
董事長｜張暖彗・社長兼總編輯｜王愿琦
編輯部
副總編輯｜葉仲芸・主編｜潘治婷
設計部主任｜陳如琪
業務部
經理｜楊米琪・主任｜林湲洵・組長｜張毓庭

出版社｜瑞蘭國際有限公司・地址｜台北市大安區安和路一段104號7樓之1
電話｜(02)2700-4625・傳真｜(02)2700-4622・訂購專線｜(02)2700-4625
劃撥帳號｜19914152 瑞蘭國際有限公司・瑞蘭國際網路書城｜www.genki-japan.com.tw

法律顧問｜海灣國際法律事務所　呂錦峯律師

總經銷｜聯合發行股份有限公司・電話｜(02)2917-8022、2917-8042
傳真｜(02)2915-6275、2915-7212・印刷｜科億印刷股份有限公司
出版日期｜2024年01月二版1刷・定價｜400元・ISBN｜978-626-7274-83-5
　　　　　2024年09月二版2刷